本书的故事，

发生于日俄战争前夕的北京城。

悠悠館密案

〔日〕陈舜臣（ちんしゅんしん） 著
刘小霞 译

天津出版传媒集团
天津人民出版社

图书在版编目（CIP）数据

悠悠馆密案 /（日）陈舜臣著；刘小霞译．-- 天津：天津人民出版社，2018.7
ISBN 978-7-201-13560-1

Ⅰ．①悠… Ⅱ．①陈… ②刘… Ⅲ．①推理小说－日本－现代 Ⅳ．① I313.45

中国版本图书馆 CIP 数据核字 (2018) 第 147163 号

著作权合同登记号：图字 02-2018-189

悠悠馆密案
YOU YOU GUAN MI AN
［日］陈舜臣 著　刘小霞 译

出　　版　天津人民出版社
出 版 人　黄　沛
地　　址　天津市和平区西康路 35 号康岳大厦
邮政编码　300051
邮购电话　（022）2332469
网　　址　http://www.tjrmcbs.com
电子信箱　tjrmcbs@123.com

责任编辑　章　赪
装帧设计　易珂琳

制版印刷　天津旭丰源印刷有限公司
经　　销　新华书店
开　　本　620 × 899 毫米　1/16
印　　张　13
字　　数　84 千字
版次印次　2018 年 7 月第 1 版　2018 年 7 月第 1 次印刷
定　　价　49.00 元

目录

正阳门

晚清集市情景

译者序

陈舜臣其人

说到华裔日本作家，相信各位读者对陈舜臣这一名字并不陌生。

陈舜臣原籍为台湾省新庄乡（今台北市）。在他出生的前一年，因他的父亲在日本商社任职，举家迁到了日本神户。

1941 年，受印度诗人泰戈尔的影响，年仅 17 岁的陈舜臣考入了大阪外国语学校（今大阪大学外语学院），成了一名印度语专业的学生。在大学英语课上，他接触了柯南·道尔的小说，由此开始阅读福尔摩斯系列小说。1943 年 9 月，由于战争的关系，陈舜臣不得不提前从大学毕业，之后留在母校做西南亚洲语言研究所的助手。1945 年二战结束后，由于某些原因，陈舜臣无法继续留在日本从事学术研究。他曾于翌年返回新庄，在新庄初级中学担任英语老师。1949 年回到神户后，陈舜臣结婚了，之后便进入父亲的贸易公司工作。

陈舜臣 35 岁时，长女患病，他在病床边陪护的过程中，经常阅读推理小说以消除困意。他读了野村胡堂的《钱形平次追捕纪录》，渐渐产生了想要创作此类小说的念头。1960 年，陈舜臣以笔名“陈左其”参加了“文学界新人奖”的征稿，创作了小说《在风中》（風のなか），虽然该作品最终止步候选阶段，但是坚定了陈舜臣投身文学创作的决心。

1961 年 5 月，陈舜臣的长篇推理小说《枯草之根》（枯草の根）获得第 7 届江户川乱步奖。对于该作品，日本侦探作家木木高太郎曾盛赞道：“即便在该奖的历届获奖作品中，《枯草之根》都是第一的佳作。”该作品还入围了翌年的“日本侦探作家俱乐部奖”。自此之后，陈舜臣正式开启了职业作家生涯。1969 年，推理短篇《青玉狮子香炉》（青玉獅子香炉）获得第 60 届直木奖。1970 年发表的《玉岭的叹息》（玉嶺よふたたび）和《孔雀之道》（孔雀の道）同时获得了第 23 届日本推理作家协会奖。至此，陈舜臣成为了日本文学史上首位“三冠王”。

陈老先生一生笔耕不辍，先后著书200余本，内容涉及小说、随笔、对谈、汉诗等多种体裁。其中，小说在他的创作生涯中占据着不可撼动的地位。具体来说，陈舜臣的小说以历史小说和推理小说居多，这两者的创作风格有着密不可分的关系。下面我们就通过陈舜臣的一些代表作，来一探究竟。

陈舜臣的创作

1967年，陈舜臣的第一部以中国近代史为题材的长篇小说《鸦片战争》（阿片戦争）问世，这部历时三年创作的小说久负盛名，在日本出过多个版本，畅销数十年，曾被东京大学作为近代史的指定教材。正是从这本小说起，陈舜臣确立了自己历史小说作品的写作风格。

说到日本的历史小说家，司马辽太郎是另一个不容忽视的存在，不过他的作品主要是以日本历史为素材的。而陈舜臣的历史小说基本上以中国的历史为蓝本。很多日本人正是通过他的创作，才逐渐对中国历史有了具体的认识。

在陈舜臣众多的历史小说中，最为读者所熟悉的当属《小说十八史略》（小説十八史略）。人性面的探讨，是这部作品的中心思想。全书由一百七十七则故事构成，含括了中国传说时代至宋朝末年的历史精华。陈舜臣从人性的角度切入各个历史层面，使读者在享受阅读小说的乐趣之余，也能赋予原本已熟悉的历史事件及人物新的观点，领略不同于以往的读史趣味。

除了《小说十八史略》之外，作者比较具有代表性的历史小说还有《曹操》（曹操）、《三国史秘本》（秘本三国志）、《太平天国兴亡录》（太平天国）等作品。这些作品不仅在日本长销不衰，同样也很受中国读者的青睐。作者曾这样说道：“历史小说多半不就是作者依据史料的推理和虚构的混血儿吗？”这句话用来形容他的历史小说创作风格再合适不过。纵观作者的历史小说，我们可以发现，作者在参考研究具体史料的基础上，对细节诸如人物的心理活动、对话、环境描写等进行了适当的补充，使故事情节更加完善，更具人情味。同时，作者也在故事中融入了个人观点，从而形成了自身独特的中国史史观。

如果说陈舜臣的历史小说是“史料、作者推理和虚构的混血儿”，那么他的推理小说大概就是“作者虚构、史料与推理的混血儿”了吧。陈舜臣推理作品的一大特点就是将故事中的人物置放在一个大的历史背景之下，然后调动大量的历史史料，营造出多个谜团，以此来推动整个故事向前发展。所以，就像一些推理评论家所说的那样，“历史感”是形容他作品的一个关键词。读者们在阅读陈舜臣的推理小说时，总会产生历史悠然而过，人生随时代而漂流的喟叹之感。

说起陈舜臣的推理小说，难免要提及的便是让他荣获“三冠王”称号的获奖作品《枯草之根》、《青玉狮子香炉》、《玉岭的叹息》以及《孔雀之道》。前面已经提到，《枯草之根》算是让陈舜臣坚持走上职业作家道路的重要作品。该故事讲述了南洋豪商席有仁远赴日本神户，与恩人李源良会面，不料在他身边却接连发生两桩命案——先是独居老人徐铭义被绞杀，后是政客吉田庄造的侄子田村良作中毒身亡。其间疑云重重，扑朔迷离。对此，“业余侦探”陶展文将如何帮忙解决这个难题呢？值得一提的是，该作品中的侦探陶展文，在之后的《三色屋事件》（三色の家）、《分裂者》（割れる）、《虹的谎言》（虹の舞台）以及短篇《崩坏的直线》（崩壊の直線）中，再次作为主人公登场，侦破了一个又一个的迷局。通过这五部作品，作者成功塑造出了“陶展文”这一侦探角色，在推理迷中有很高的认知度。这一系列同时也很大程度上提高了陈舜臣本人在推理界的知名度。

《青玉狮子香炉》以故宫珍藏的文物青玉狮子香炉因战乱惊险辗转各地为主线，刻画了小人物在历史洪流中的沉浮。本篇小说推理色彩并非多么浓厚，但是其中对人物命运的刻画十分出彩，让人唏嘘动容。

《玉岭的叹息》和《孔雀之道》同为第23届日本推理作家协会奖获奖作品。《玉岭的叹息》讲述了中日战争时期滞留在北京研究美术的入江，因偶然看到玉岭磨崖佛的摹本，而前往玉岭考察，在那里他爱上了一名当地女子。二十五年后，他再次前往玉岭，此次拜访是否能够揭开当年心中的谜团？而《孔雀之道》则讲述了英日混血儿罗丝由英国返回日本任教，意外发现双亲之间有一段纠葛不清的恩怨情仇。在父亲与母亲，西方文化与东方文化的两难抉择中，她将何去何从？关于这两部获奖作品，还有一段很有趣的传闻。据说这两部作品之所以能够同时获奖，是因为当时的评委们认为两个作品各有优点，一时间争论不下，于是最终只好将奖项同时授予两部作品。

大历史下的悠悠馆

本书《悠悠馆密案》的背景设定是日俄战争前夕。当时，俄国借口镇压义和团，大举进入东三省地区，并与清政府约定，待战乱平定之后就撤兵。但后来俄国违约，赖在东北三省不肯走，企图与清政府签订密约，使得侵占行为合法化。与此同时，日本与英国结盟之后，对俄国的外交政策日趋强硬。日本的一些有识之士联名向当时的日本首相上书称俄国人的目的是先占领东北，再进军朝鲜，最后将矛头指向日本。此外，日方对东三省也是垂涎已久，不能眼睁睁地看着这块肥肉落入他国手中。因此他们提出主战论，日本国内的舆论也认为对俄作战势在必行，两者之间的战火一触即发。

当时，俄国对对日宣战尚缺乏万无一失的筹备，而日方必须借此机会抢得主动权。于是，软弱的清政府如何抉择就成了这场角逐战的关键。为了在角逐战中占据有利地位，俄国必须与清政府签订新的撤兵协议，以消灭日方的引战野心，而日方则派出间谍潜入中国，意图通过贿赂清政府相关官员，阻止撤兵协定的达成。

在这次贿赂中，发生了一起密室杀人案——拓本行家文保泰被发现尸陈悠悠馆。一时间，清政府的高级官员、俄国或日本的间谍、新兴的革命派人士……都被牵扯其中。而紧接着又出现的杀人案和失踪案，使得整个悠悠馆笼罩在一片阴郁之中。

在这个动荡不安、人心惶惶的历史分岔口上，这些大人物或小角色的命运又将何去何从？

本书的谜团在今天看来也许并不算十分强大，用于解谜的篇幅也不多，但却十分详尽地描述了那个特殊时代的一些历史事实，可以说是充分体现了作者自身的特色。因此，《悠悠馆密案》既可以作为推理作品来阅读，亦也作为历史作品来欣赏。

小结

2015年，陈舜臣在日本神户去世，享年90岁。

虽然日本很早就有“中国历史小说”这一文学类型，但是大部分仅仅以中国文化为素材，内容上更多描述的是日本文化日本的思想。然而陈舜臣的中国历史小说却并非如此。可以说他在促进日本人对中国人及中国历史的认知方面，做出了巨大的贡献。

如今斯人已逝，但陈老先生的精神财富却可以永远留存，继续在我们这一代及后世人的心中激起涟漪。

能够翻译《悠悠馆密案》，我深感荣幸。有感于陈老先生的眼界和胸怀，希望自己也能为促进两国文化相互交流尽绵薄之力。

在翻译的过程中，我查阅了大量历史资料，以厘清历史史实，仍不免有讹误之处，还望各位读者不吝赐教。

刘小霞

这是一组绘于 1904 年反映日俄战争的木版画

北京紫禁城的后面是绿树掩映下的钟楼和鼓楼

老东交民巷

紫禁城两侧有两个著名的胡同：东交民巷和西交民巷。清朝时，衙门几乎都设在这两条巷子中。其中，东交民巷后来成了外国使馆区，也叫治外法权区。

古都秋日

北京的夏天似乎很快就要过去了，凉风习习，带来了些许秋天的气息。离别两年之后，土井策太郎再次踏上了北京的土地。

正值明治三十六年（1903 年），清朝年号是光绪二十九年。这一年是旧历闰年，有两个五月。虽然阳历九月已经过半，但阴历上依然写着七月。

土井策太郎按照上级的要求，到北京内城的金鱼胡同拜访那须启吾。

那须启吾的屋子完全是中国风格的。屋里有热炕，炕上铺着有些磨损的毯子。一张细竹帘，把屋子隔成两半。穿帘子的线已经脱落，作为“墙壁”的帘子也是歪歪斜斜的。很快，竹帘就该换成布帘了。屋子中央放着一张八仙桌，看上去像紫檀木的，实际上是普通木头做的，只不过涂了一层黑漆，根本不值钱。黑漆脱落的地方还露出了斑驳的白色。墙上的挂轴是赝品，花瓶也比较劣质。

不过，这倒不是因为主人穷，而是因为他对房间摆设这种事不太在意。

策太郎一坐下，“紫檀木”椅就吱吱作响，像要散架似的。

那须启吾拿起素陶茶壶，斟了杯茶。茶壶表面蒙了一层灰尘，杯子似乎也没人洗过。

“请。”他一边得意地捋着胡须，一边说。虽然屋内摆设很简陋，但他那向上翘的八字胡，却修剪得极其讲究。

茶水表面浮着一层油，策太郎装作毫不介意，勉强喝了下去，还说“多谢”。

“对目前的形势，你有什么看法？”那须问道。

“毫无头绪。”策太郎含糊地回答。

“总有个数吧？”

“我总觉得……”

当前，日、俄两国关系紧张，战争一触即发。

三年前，俄国借口镇压义和团，趁机大举进入“满洲”，并与清政府约定，待战乱平息后就撤兵。但后来俄国违约，赖在“满洲”不肯走，企图与清政府签订密约，以使侵占“满洲”这件事合法化。双方第一次密约的内容是将“满洲”的军政大权交予俄国掌控。当时，盛京将军在俄国关东总督阿历克谢耶夫的要挟下妥协了，但清政府并未批准。在随即进行的第二次密约磋商中，俄国仍不死心，妄图获得“满洲”的军事、行政和其他权益，但受到日本、英国、美国和德国的警告才有所收敛。

去年四月，俄国与清政府签订了《交收东三省条约》[1]，计划分三期撤兵，一年半内撤完。第一期撤兵已经实行。第二期撤兵计划规定，应在今年四月八日前将军队撤出盛京[2]和吉林两个地区，然而俄国政府却一再拖延，计划迟迟未能付诸实行。

与此同时，日本与英国结盟后，对俄国的外交政策趋于强硬。东京帝国大学的七名博士联名向日本首相桂太郎提交意见书。他们认为俄国人的目的是先占领东北，再进军朝鲜，最后将矛头指向日本，因此他们提出主战论。日本的国内舆论也认为对俄作战势在必行。

正在这个关键时刻，策太郎父亲的同乡好友，也是外务省的一个工作人员，找策太郎商量工作："现在有一项重要的任务，需要你去北京。你愿意去吗？"

策太郎家世代经营书画古董。他父亲的好友，亦是同行的鹿原氏经营了一家鹿原商会。策太郎在那里见习时，曾因工作在北京待过一段时间。当时，义和团事件刚发生不久。

其实他非常愿意去北京。除了可以大开眼界、增长见识，对将来经营家族事业有益，他还有私人原因。

---

[1]《交收东三省条约》：又称《俄国撤兵条约》。

[2] 此处的盛京和吉林分指盛京将军辖区和吉林将军辖区。在清代盛京将军辖区域也称奉天。凡山海关以外，内蒙古、外蒙古以东，奉天府尹，及盛京、吉林、黑龙江三将军所辖地区，皆称盛京统部。

“你在鹿原商会的见习，应该已经结束了吧？我之前见过你父亲，跟他说起此事，他觉得很好，已经同意你去北京。虽然离家较远，但你父亲身体很健康，短时间内，你也不用为他操心……”

策太郎听完，不满地回答道：“虽然我父亲同意了，可那并不能代表我的想法！”

“哎！别这么讲。现在咱们要服从国家需要嘛！”说服明治年代的人，一句“服从国家需要”就够了。

其实，策太郎只是不想受到别人的轻视。由于祖父和父亲都是商人，别人瞧不起，他就给自己施加压力，希望在自己这一代改变现状。至于去北京，本来就是轻而易举的事。

现在，策太郎担心的是外务省的工作性质。据说，日本已经连续向中国派遣了不少密探。一旦日、俄之间发生战争，中国的东北三省就将成为两国之间的主要战场，因此，针对清政府的秘密工作应该是非常重要的。

“可除了书画古董，我什么也不会啊！”

策太郎刚说完，他父亲的好友便紧接着说道：“不！这件事你来做最合适，别人还不行呢，我是特地来拜托你的。”

“到底是什么工作？”

“这你就先别问了，你只管先到北京，见了那须启吾再说。他知道该怎么做。”

两天后，策太郎就离开东京，来到了北京。

那须启吾一边捋着八字胡须，望着天花板，一边听着土井策太郎讲他来北京接受任务的经过。听完后，他哈哈大笑，肥胖的身躯也不住地摇晃：“那小子真会故弄玄虚，其实你的工作也没有那么神秘。”

看到那须的这副神态，策太郎不禁有些恼火，他问道：“听您这么说，那……”

“哦，不，我的意思是，他跟你这么交代也没错。”那须抱着胳膊说，“毕竟是我希望能派你来工作。”

“是您要我？”

“是啊，是我点名要的啊！”那须边讲边站起来，两手抄在身后，挺着胸脯。

“为什么？”策太郎有些不安。

“你别那么紧张嘛！哈哈哈哈……”那须得意地笑着说，“你的工作并不难，知道你学过做买卖，所以我希望你借生意去拉拢文保泰。”

“文保泰？是那个取字画拓本很出名的？”

“是啊！”

那须凝视着策太郎，“哧哧”地笑了起来。

文保泰是中国人。他取字画拓本的技术高超，就是在大师云集的北京也享有盛名。但他既非商人也非工匠，而是一位富有的世家弟子。他对拓本非常感兴趣，专爱收集名贵的字画拓本。除了收藏，他还有一手好技术，不知不觉地成了拓本方面首屈一指的大师。

两年前，策太郎第一次来北京时，曾通过琉璃厂[1]某书画商的介绍，见过文保泰。当时，凡从事古玩字画交易，先要拜访这一行业的权威人士文保泰。

策太郎在日本外国语学校学过中文，逗留北京期间，也用心地提高了自己的汉语口语，因此，交流不成问题。

当时，策太郎尚不谙人情世故，只是很单纯地喜欢向文保泰请教一些问题。有一次，他提到，拓本工具长期以来墨守成规，为什么不下功夫钻研新技术，比如说考虑使用一些西洋材料。

听了策太郎的想法后，文保泰频频点头，大加赞赏："嗯，你的建议很好，值得考虑。"

从那以后，文保泰就很中意策太郎。"我一向不收徒弟，可偏偏愿意教你。即便你将来把技术带回了日本，我也愿意收你这个徒弟。"

真是出乎意料，策太郎竟然被这位取拓本的名家赏识，还对他特别关照。

自此，策太郎便经常出入于文保泰家，还慢慢学会了取拓本。回国后，策太郎曾为父亲表演了一番，他父亲看得兴致勃勃，连连夸奖道："单凭这一点，就值得去北京。"

言归正传。当那须提到文保泰，策太郎侧首沉思道："文保泰不是和政治没有关系吗？"

---

[1] 琉璃厂：北京地名，老北京做书画古董生意的商家大都位于此地。

“谁说没关系？他可和政治红人们密切着呢！你只是不太了解。”

于是，那须启吾便向策太郎详细说明了文保泰与清朝政界人物的关系。据说，文保泰非常了解中国政界的动向，人们称他为清政府的“政界之窗”。

清政府腐败无能、贿赂成风，这已是公开的秘密。不过，那些顶层的高官们还不敢公开、露骨地受贿，因此，自然而然地便有了代办行贿受贿的掮客。比如说，甲有求于袁世凯，乙有求于荣禄。行贿前，他们各自与该掮客商谈，这个掮客按照所求之事的性质，分别指出甲和乙各自应拿出多少钱，然后他们便按照指示进行交易。文保泰就类似这种掮客。日本若想了解清朝的政治内幕，找准掮客花钱贿赂就行。

“哎！我真是一点儿都没发觉。”听完那须启吾的说明，策太郎叹了口气说道。

从表面看，文保泰热心于书画古董，还有着高超的取拓本技术，似乎除此之外，他什么都不关心，其实不然。

“人类社会都有其内部隐秘的一面，尤其是大清国，光从表面看，你是永远无法摸清它的真相。”那须启吾摆出老前辈的架子说。对策太郎而言，那须确实是前辈。在策太郎之前，他也曾就读于日本外国语学校。

“照这么说……”策太郎自言自语地嘟囔着。

这时，他想起了两年前回国时的事：当时，文保泰买下了自家旁边的土地，打算建新房子。当时以为，他出于素封之家，估计继承了不少遗产，能有钱买地建房，也不足为奇。

那须启吾听到策太郎嘟嘟囔囔，就问道：“怎么啦？你说什么？”

“没什么，我只是想起，前年从北京回国时，文保泰正在盖房子，估计现在已经盖好了吧。”

“嗯，盖好了，还取了个很特别的名字，叫作‘悠悠馆’。”

“悠悠馆？”

“对，取名悠悠，乃表示悠然自得之意。”

“这样的话，悠悠馆是他取拓本的地方了？”

策太郎回想起上次回国前，他到文家辞行。当时，房子才刚开始打地基。在工地现场，文保泰兴高采烈地谈论着他的计划：“在后院，还要另建一栋房子，专门用来取拓本……”

文保泰并非以取拓本为生，将房子取名为悠悠馆也算是恰如其分。

“文保泰和政界要人们来往频繁，也算是如今的当红之人。据我了解，他和庆亲王特别亲近，说不定可以从他那儿挖到一些重要的情报。过去你们关系不错，他很喜欢你，所以我才希望由你来联系文保泰。但暂时没什么具体的事情要做，你只要进一步取得文保泰的好感和信任就行。”那须启吾说。

出了那须家，策太郎漫无目的地信步而行。

当初，他下决心来北京，除了公事，也是为了一名年轻貌美的中国女子。她叫王丽英，曾到日本留过学，就读于东京女子师范学校，热心妇女教育，尤其喜爱美术。

前年回国后，策太郎曾利用业余时间担任过汉语讲习会[1]的讲师。在讲习会会场，王丽英介绍他认识了李涛。李涛也是一位清朝留日生，那时在讲习会担任会话教师。

在日本的时候，策太郎曾和王丽英出去过几次。那时，王丽英总是穿着和服，外罩一件带褶子的、宽大的和服裙。

“为什么您不穿本国服装呢？我觉得中国服装很有魅力。”有时，策太郎会这么问她。

每次，她的表情都会有些不大自然：“您说的是旗袍吧，那是满族的衣服，不是汉族的传统服装，这一点您应该知道。而且日本的和服源于中国，所以我喜欢穿和服。”王丽英就这么简单地回答了他。

不久，王丽英就回国了。听李涛说，她住在北京。随后不久，李涛也跟着回了国。策太郎托友人打听到，李涛住在北京的高公庵胡同。他把地址记在笔记本上，心想：要想知道王丽英住在哪儿，问问李涛不就行了，他俩之间应该会有联系。

1903 年前后的日本可以说是中国革命的温床。中国的惠州起义失败后，许多血气方刚的进步青年纷纷经台湾逃到日本横滨。这些留学生大都聚集在孙文周围。孙文时年三十八岁，他提倡打倒清朝政府，建立共和国体制，属于共和派。而戊戌变法失败后，稳健的改良派如康有为、梁启超等也亡命到了日本，他们则主张建立君主

[1] 讲习会：讲习即研讨学习，汉语讲习会就是研讨学习汉语的场所。

立宪体制。当时，君主立宪派和共和派都在争取留学生们的支持。

平时对政治不怎么上心的策太郎，此刻突然想到，李涛和王丽英很可能也是某个党派的成员。

1903 年，孙文领导的民主革命阵营尚未建立起完整有序的组织机构。那些热血沸腾的中国爱国青年，为了理想，奔走于各地。祖籍江苏的王丽英去北京，很可能就和反清的政治运动有关。

不过，她那么漂亮，实在不适合参与残酷的政治斗争。策太郎在心中暗自祈祷，希望她不要冒险去参加政治运动。他想，如果王丽英知道自己的这些想法，不知道会柳眉倒竖，还是会哈哈大笑呢？

“还是到李涛那儿去看看吧。”策太郎自言自语道。

他从衣服的内袋里掏出笔记本。虽然记得很清楚，但为了慎重起见，他又仔细核对了一遍。

当然，他并不是思念李涛，只不过是想通过李涛打听王丽英的消息罢了。

故人再会

北京紫禁城的后面是绿树掩映下的钟楼和鼓楼。

策太郎缓缓走着。有时，事情进行得太顺利，反而让人有一种不真实感。他现在就是这种心情。王丽英就在他身边，而此时距离他从那须启吾家出来，还不到一个小时。

“听说马上就开战了，土井先生为了做买卖，远渡重洋来到中国，真不容易啊！”王丽英说。

她说这话，是出于真情还是讥讽？策太郎有些困惑。

“我就是一个普通职员，奉命到处奔跑，其实也很无奈。”

“也是……”

说着，她停下了脚步，抬头看向高耸的鼓楼。

据说这座巨大的鼓楼是元朝忽必烈所建，用于鸣鼓报时。楼内曾有二十四个大鼓，三年前义和团事件时遭到破坏，如今只剩下三个。鼓楼建筑高大，除了一般的报时任务，还用作瞭望台，相当于北京警备司令部，里面也驻扎着卫兵。

策太郎也向鼓楼看去。“真是了不起的建筑呀！”他好不容易找出这样一个话题，打破了暂时的沉寂。

“了不起？”王丽英侧过脸望着策太郎，严肃地说道，“现在这座鼓楼，与其说是在报时，不如说是敲着丧钟告诉民众，清朝快灭亡了。”

“是吗……”

“虽然目前民众还没意识到这一点，但他们不久便会觉醒的……哎呀！我不该和您说这些的。真对不起！还是在咱们久别重逢的时候。”

“没关系，那……能碰到您，我就非常高兴了。”

其实，策太郎先去了高公庵胡同看望李涛，一位老婆婆告诉他，李涛出门了。于是，他从笔记本里撕下一页纸，写上自己在北京的临时住址，拜托老婆婆代为转交，正要离开李宅时，王丽英进来了，她也是来看望李涛的。这就是所谓的无巧不成书吧。为了消磨时光，两人在李涛家附近散起步来。

策太郎心想，李涛可能已经回家了吧？

“您又是来我们国家学技术的吗？”王丽英问道。

“嗯……也不是……”策太郎有些不安地说。

他曾向王丽英提过，自己跟文保泰学过拓本技术。

事实上，策太郎此次的机密任务就是接触文保泰，因此，他将频繁地联系文保泰。要是对自己和文保泰结交之事闪烁其词，反而容易引起别人的怀疑。再者，如果日后一提到文保泰，自己就这样不安，也必定会引起怀疑。所以，一定要保持冷静。

“文先生的技术，我才学了点儿皮毛，今后还得偷学些。”策太郎索性主动提起文保泰。

“做生意也不容易啊！”王丽英耸耸肩说道。

她前额的刘海儿几乎齐眉，剪得非常整齐。这种发型和王丽英端庄秀丽的容貌极其相称。如果没有刘海儿，她的额头过宽，整个人就显得有些冷漠。

看到她的刘海儿，策太郎不禁想起了往事。他觉得王丽英将头发向上梳，露出整个脸庞更讨人喜欢。在东京时，有一次她去汉语讲习会，就将刘海儿梳了上去，露出了光洁的额头。不过在场的中国人纷纷说那种发型不适合她，于是，她又恢复了刘海儿。之后，策太郎再也没见过她露出额头的样子。

王丽英眼角细长，眸子乌黑发亮，是那么……连策太郎自己也说不清，到底她哪里吸引自己了。同王丽英一起散着步，感受着她身上散发出的那种妙不可言、清新爽朗的气息，策太郎不自觉地着迷起来，竟有一种窒息感。

原本只是想通过散步打发时间，但看到王丽英轻松愉快的样子，策太郎却渐渐紧张起来，这种滋味很不好受。他尽量掩饰自己，不想让王丽英察觉到自己心神不宁。不过王丽英似乎没那么敏感，还漫不经心地哼起了歌。

“李涛家的仆人说他只是出去理发，现在应该回家了吧？”

她说。

“是啊，咱们回去看看吧。”策太郎回答说。

李涛虽从事革命活动，却还留着长辫子。满族人留长辫的风俗已有两百多年。清军入关后，除僧侣外，汉族男子都必须留长辫，否则会被斩首。人们将头后半部分的头发留长，编成长辫垂在背后，但前面的头发得剃光。如果不经常理发，剃光的地方容易长出新发，看上去既脏又不体面。如果任由头发长长，还容易被误认为是太平天国的“长毛贼”，若遇上存心不良的巡捕，可能就要进牢房了。李涛在日本留学时不怎么理发，常常任由头发蓬松着，但回国后不得不常去剃头。

在东京，不仅李涛，王丽英也经常大骂清朝腐败无能。但在北京，不得不有所顾忌，否则被官府抓去，说不定还会遭斩首之灾。

策太郎和他们两人关系密切，深深地同情这些忍气吞声的年轻人，但这倒不是因为他们在思想上有什么共鸣之处。就像有些孩子在家时热情活跃，而到了学校，就变得蔫蔫儿的。母亲若看到孩子这样，必定会感到难过。策太郎对这些年轻人，就类似做母亲的这种心情。

策太郎与王丽英两人又回到了高公庵胡同。

明朝万历年间，一名叫高勋的宦官盖起一座寺庙，叫作慈隆寺。因是高勋所盖，又得俗名为“高公庵”，因此这条巷子便叫作高公庵胡同。策太郎和王丽英散步的大街叫作鼓楼大街，又名十字街。

李涛果然已经回家了。

“我昨天刚到北京，就先来看望您了。”策太郎说。

只是礼节性的拜访，彼此客套一番后，策太郎便告辞了。不过，他顺便问王丽英要了她的住址。

留下来的王丽英会和李涛谈什么呢？策太郎像个懵懂的少年一样，心神不定地猜测着。“肯定和革命有关吧……嗯，只能是这样。”策太郎自言自语道。

他向东边走去，先是经过了与高公庵胡同相邻的纱络胡同，再往前走，穿过柴棒胡同就到了地安门大街。如果从地安门大街再向前径直走，就是国子监和孔子庙，但策太郎却向南拐去。

他打算去文保泰家。

策太郎第二次来到北京，最想先见到两个人——公务上自然是那须启吾，就私人来说，就是王丽英了。现在，这两个人都已经见到，接下来就要按照那须启吾的指示，开始和文保泰接触并较量了。

文保泰住在铁狮子胡同。

那一带不光有衙门、学校，还有很多王公贵族、政界要人的府邸，以及专供皇亲贵族子弟上学的“贵胄学堂”。袁世凯当总统时，总统府就设在铁狮子胡同内。后来国民党党部也设在此处，1925 年孙文病死在总统府，国民党党部就改为孙文纪念馆。

当然，在 1904 年，还没有后来的总统府和国民党党部，但当时清政府的陆军和海军总署就设在此处。

此时，西太后慈禧控制着清朝政务，但她信任的人不多，最多是四五个军机大臣，其中最受信任的是荣禄。荣禄死后，庆亲王掌握了政务大权。和庆亲王最亲近的官员叫那桐[1]。

文保泰和他们有什么关系呢？实际上，他负责联络政府的上层人物。他们之间的层级很清晰，即西太后——庆亲王——那桐——文保泰。

那桐是满族人，义和团事件发生时，他曾辅佐李鸿章与各国交涉，后又曾作为“谢罪使”专赴日本道歉。

实际上，策太郎与那桐亦曾相识。那桐赴日赔礼道歉时，曾在大阪今宫参观了第五届国内振兴实业博览会。当时，策太郎因业务关系逗留在大阪。受外务省之托，他担任了那桐的翻译和向导。那桐应该记得此事。

策太郎既与文保泰关系密切，又与那桐有过来往，通过他来观察清政府上层人物的动态，可以说再合适不过了。

策太郎一面追忆着往事，一面向文保泰家走去。

“真漂亮啊……”到了文保泰家门前，策太郎不禁赞叹起来。

文保泰家刚开始修建，策太郎就离开北京回了日本，而今重回故地，房子变得既华丽又漂亮，几乎要认不出来了。两边的墙壁洁白无瑕，正门敞开如飞展的双翼。屋顶的倾斜较大，地砖就像刚刚

[1] 那桐：满洲镶黄旗人，叶赫那拉氏，字琴轩，举人出身。1900 年（光绪二十六年）任内阁学士兼管总理各国事务衙门。八国联军侵犯北京，慈禧太后西逃后，他受命充当留京办事大臣，随奕劻、李鸿章与联军议和。《辛丑条约》签订后，被派为专使赴日本道歉。嗣任户部、外务部尚书，升军机大臣。1911 年（宣统三年）任皇族内阁协理大臣，武昌起义后去职。

刷洗过似的干净亮堂，看得出是新落成不久。

看门的老头很面熟：“您又来了，好久不见了。”

仆人进去通报，不久，文保泰便迎了出来，兴冲冲地将策太郎引了进去。

与两年前相比，文保泰气色好了很多，印堂发亮、红光满面，身体也比以前胖了些。

“你要在北京待一段日子吧？下次来不必走正门，从后门进来就行。我一般都在这房子里取拓本。”

文保泰一边笑着说，一边向身后瞥了一眼。

在他身后，是一栋用红砖砌成的房子，非常小巧玲珑。房子的用砖和正门两翼下面的砖相似，只不过颜色不同，看上去洋味十足。

“这就是远近闻名的‘悠悠馆’？”策太郎问道。

“你也知道它叫‘悠悠馆’吗？”文保泰眯缝着眼睛，得意地问。

“悠悠馆名气那么大，我昨天刚到北京，就已经听很多人夸奖说这房子不一般。”

“是吗？也没有那么好吧。”文保泰故作谦虚地说，“不过你看，这房子虽然没那么宽敞，但用来取拓本，功能还是相当齐备的。它多少有点儿西洋风格，可能大家觉得新奇，就聊得比较多吧。但我最满意的是，在这个地方不会受人打扰，我可以专心致志地工作。房子进出口只有一个，把门一关，这就完全是我自己的天下了。窗户本来就小，还装上了铁格子门窗，有人说这地方像个监狱，可我却完全不觉得。你看，其实光线并不暗嘛，屋顶上安了玻璃天窗，挺亮的。我带你进去看看吧。”

看来，他对房子是相当满意。文保泰满面春风地陪策太郎一边参观，一边介绍。估计所有来拜访他的人都有这样的待遇。

策太郎听着介绍，连连惊叹。

“后门对着的街道特别宽，马车都能过得来。要是有朋友托我取拓本，用马车把石碑运进来，也很方便。”他又解释了一番。

石碑体积庞大，非常沉。运石碑本来非常花钱，可中国人工便宜，也就无所谓了。文保泰盛名在外，凡是拜托他取拓本，酬金也比一般的高得多。

“这块匾真特别！”策太郎抬头看着悬挂着的门匾，欣赏地说道。

只见绿色的匾框中间，“悠悠馆”三个大字十分醒目，乍一看去，像是在黑底上印着白字。这几个字既不是用毛笔书写的，也不是雕刻完木头后着色的，而是用上了取拓本的技术。匾上的“悠悠”二字，不仅字体相异，字的大小也稍有不同。第一个“悠”字是楷书，字体稍大且工整；第二个“悠”字是正草书，笔画略细，但不同于龙飞凤舞的草书，它更易于辨认。最后的一个“馆”字则笔画粗犷、刚劲有力。

“这三个字是我从别处一个一个一个拓下来，最后排列起来贴上去的。我用一种特殊的涂料反复涂抹了字面，这样字就不怕风雨侵蚀了。第一个字是从保定刘宗之的墓碑上拓来的，那块墓碑叫‘神道碑’。第二个字是从上海‘潮泉义庄’的创建纪念碑上拓下来的。

第三个字则是我看到《停云馆帖》时，觉得封面上的‘馆’字别具一格，于是请了一位技艺熟练的石匠照字样雕刻了一块碑，我后来取的拓本……”

文保泰接待客人时，总免不了如此介绍一番。但也许是因为他不善辞令，总让人觉得他的解说不是那么流畅。

“您是特意……”这时，就连颇谙此道的策太郎，也十分惊讶。

一般的书法家或鉴赏家都喜欢看古人的笔迹，这一点自不待言。只是古人的笔迹都写在纸上，纸张本来就脆弱，再加上长时间的污损虫蛀，很难完善地保存下来。因此，凡名家书法都刻在石头上，尽管字迹终会磨灭，总归还能保存相对较长的时间。至于拓本，随时都能取，作品就是这样流传开来。

一般情况下，一本书封面上的字应该是最好的、最吸引人的。但即便一个人再怎么喜欢封面上的字，在书主人在世期间，一般也只是妥善保存字迹，不会另搞拓本。要是有人特意请石匠将书上的字雕刻出来，再搞成拓本，这种人虽不至于是书呆子，也算是“拓本狂”吧。文保泰就是这种拓本狂，世所罕见。

“怎么样？你在日本取过拓本吗？”文保泰问策太郎。他想起自己曾教过策太郎如何取拓本。

“嗯，我取了不少呢，石碑、佛像、铜镜我都取过。托您的福，我还因此被父亲夸奖了，这差不多是我有生以来第一次受表扬。”

“不错嘛！对了，现在有人托我取一份最简单的墓志铭拓本，到时你也来参观一下吧。”文保泰摆起了师傅的派头。

策太郎本来就想再研究一下文保泰的拓本技术，现在又接受了那须的任务，自然高高兴兴地答应了，“有劳您了！”

拓本，可以说是一种印刷术。只是一般的印刷，是在铅字上涂上墨汁，图章则涂上朱砂，盖到纸上，呈现出的是白底黑字或白底红章。铅字和印章上的字都特意刻成反字，这样纸上就是正字。

而拓本呢，则是在石碑上铺上纸，用水将纸打湿，顺着字体凹陷的地方按下去，也叫“装满水”。当纸晾得将干未干时，用蘸了墨汁的棉花球在纸上拍打，纸凹处也就是有字的地方沾不上墨汁，就成了白色，因此，拓本都是黑纸白字，且拓出来就是正字。

这么一讲，拓本技术似乎很简单，其实真正做起来非常难。从石碑上取字时，墨汁若过于渗透，拓出来的字就比原来的字瘦小，倘若不留意，取出的字也可能会更粗、更大。若石碑表面光滑，纸一被水渗透，立刻就会脱落。如果用胶矾水，纸虽然能贴得更稳当，但也容易受损，过不了几年，取下的拓本就会变成破烂的碎片，难以保存。因此，用水也有讲究，需视情况而定，有时要用重油，有时要用煎过的白芨[1]来取拓本。

以上只是一般的取拓本技巧。身为取拓本领域的大师，文保泰会有什么特殊秘方呢？当时的人们都揣测纷纷。

其实秘方倒谈不上，只是文保泰改用了西洋人的吸墨纸吸水，本来渗透了水的纸张就能很快地达到半干状态，效果很好。

[1] 白芨：一种中药的名称。

悠悠馆的窗户虽然小，可装上了天窗，倒是也十分亮堂。取拓本时，最理想的条件之一就是自然光充足。文保泰在地上铺了深灰色的地毯，但不是那种天津产的高级货。毕竟墨汁很容易弄脏地毯，还是用廉价品比较好，深灰色也耐脏。

取拓本是一个很累人的工作，虽然可以坐着，但大部分时间还是要欠起身子半蹲着，或是直接跪在地上。可就算跪在毯子上，很快也会觉得疼得受不了，于是文保泰想出了一个好办法，那就是在地毯上再垫上三张日本式的席子，这样工作的劳累能稍稍减轻一些。

在没有铺地毯的角落里，有一个水泥砌的洗水池。抽水机从自家水井中抽出水，再通过简易的水管灌入水池。据说，这口井的水最适合取拓本用。文保泰对家中有此一井极为得意。这套抽灌水的设备还是委托日本技师设计安装的呢。

当时，欧美各国的经济侵略沉重打击了中国陈腐的社会结构。文保泰扬名之前，他家表面上还讲究排场，但当时国运不济，他的家境也随之日益衰落了。

两年前，策太郎结识文保泰时，他刚靠着取拓本的技术，积蓄了一笔钱，好不容易才维持了家境。悠悠馆的建成，也正说明他的高超技术，给他带来了不菲的收入。

“我不喜欢太热闹的地方，所以，把取拓本的地方设在这里。”文保泰一边说着，一边“哗啦哗啦”地打开门锁。

悠悠馆的内壁涂成了灰色。柱子紧靠着墙壁。有趣的是，这柱子是用水泥将天然的石块堆砌起来的，虽然有些粗糙，却别有一番风味，非常朴素自然。

策太郎一面向里张望，一面说：“真有艺术气氛啊！”虽然策太郎说的是奉承话，但这屋子看上去确实很清雅，符合文保泰的文人气质。

“给客人上点儿什么呢？”一直在旁侍奉的仆人问道。

“嗯，你去告诉芳兰，让她端茶来……沏白毫茶吧。”文保泰回答说。

策太郎想起，一般主人会按照客人的身份来区别招待。白毫茶是高级茶，“沏白毫茶”实际上是暗示仆人“贵客来临，万勿疏忽”。

“您不必客气了，今天我只是来拜望问候一下。”策太郎说。

“那也喝杯茶再走吧。”文保泰真心诚意地挽留道。

日本席的旁边，是一套漂亮、考究的桌椅。桌子腿上镶着象牙工艺品，三张紫檀木椅子上用金粉画着蔓藤花纹。这些椅子太豪华了，策太郎坐在上面反而有些拘谨。

不一会儿，一位十七八岁的妙龄少女端了茶盘进来。这大概就是主人刚才说的“芳兰”吧。圆圆的脸、丰腴的双颊，朱唇紧闭，面带稚气，非常漂亮。

一时间，策太郎竟情不自禁地被她吸引住了。

“哈哈哈……”策太郎的眼神没能逃脱文保泰锐利的目光。侍女芳兰走后，文保泰意味深长地笑了起来。

“那个女孩儿，她……她是您新雇的吗？”策太郎有些害羞，口吃地问道。

“是啊。”文保泰回答说，“那个姑娘到我家还不到半年呢，近来社会上动荡不安，雇人也得小心才行。没有可靠的人，不行啊。”

“是吗？”

“不过论可靠性，那个姑娘没问题，不管怎么说，她是那桐阁下介绍来的。除了客人，这屋子只有她能进来。”

文保泰说完，便站起身在芳兰关好的门上又闩上了门闩。

委　托

第二天，策太郎到金鱼胡同，向那须启吾汇报了整个拜访经过，还说了些自己的看法。那须听后十分高兴，开玩笑说：“你还是很有当侦探的潜力的嘛！顺利完成这次任务后，你索性就别做古董商了，直接改行当侦探，怎么样？”

那须虽然是在开玩笑，可他的确很欣赏策太郎的观察力。

策太郎认为，悠悠馆不仅是文保泰的工作场所，也是他和别人密谈的地方。为什么这么说呢？

首先，除了芳兰以外，其他人都不许入内。当时跟随他们一起走的那个男仆，走到门口便停了下来，未曾踏入悠悠馆一步。这一点不正说明悠悠馆很神秘吗？而芳兰又是那桐推荐来的，也许她就是两人之间的联络员。

其次，如果悠悠馆只是工作场所，为什么客人用的桌椅却那么讲究呢？

据文保泰说，经常有人来求他取拓本，他不胜其烦，只好委托修古堂——一家琉璃厂的古董店代办。文保泰自认风雅，不屑于言商。他善意地提供自己的技术，酬金就由委托者自行决定，只要不失礼，就可以和修古堂协商酬金。这样一来，委托人们就没有必要到悠悠馆来了。苦力将石碑运进悠悠馆后便立即离去。至于何时交货，也都通过修古堂和订货者联系。因此，悠悠馆的椅子，最多也只是用于招待修古堂主人。可不管琉璃厂的书画商来头多大，也不过是个商人，桌椅那么讲究，未免太浪费了，也十分不相称。即便退一步讲，有时文保泰工作累了，需要躺下休息，也不会选用紫檀木椅子吧？

“悠悠馆肯定是为大人物来访时准备的。”策太郎这么猜测。

由此看来，悠悠馆建在住宅的后门，除了方便运石碑，也是为了方便深夜的秘密来客。

策太郎又提到，那天侍女芳兰离开屋子后，文保泰顺手扣上了门闩，更显得不正常了。当时，策太郎不过是礼节性的拜访，也没什么重要的事，文保泰却扣上门闩，这难道不是多此一举吗？估计是每次客人进门之后，他一定要扣上门闩，已经成了习惯。这么一想，越来越觉得悠悠馆是用作密谈之地了。

“总之，你要和文保泰保持密切的联系。简单地说，就是要奉承、拉拢文保泰。一旦有什么事要办，立刻就把悠悠馆当作一个重要的联络点。这就是你的任务，你要好好干啊！”那须启吾说。

“当然，我会尽力做的。不过，什么时候才能使用这个联络点呢？”策太郎想了解此事也是理所当然，任何人都想知道自己所做工作的意义，以及这一工作在全局中的地位。

“不久你就知道了。”那须有些回避，委婉地回答了策太郎。

“要是事先知道，有所准备不是更好吗？”

“那也不一定，有时不知道反而更好。别那么着急，现在应该先和文保泰搞好关系。做这项工作，活动经费少不了，你先把这笔钱收下吧。”

那须说完，取出一个纸包，塞到策太郎手里，然后继续得意扬扬地捋着八字胡须。

“这是什么？”策太郎用手掂了掂纸包，问道。

“我刚才不是说了吗？活动经费呀！”

“钱？”

“这还用问？当然是钱！你打开看看，数一数。”那须说完，策太郎打开了纸包。

“啊……”策太郎脱口而出。

纸包里面整整齐齐地躺着两捆美钞。

“为了方便你用，我都兑换成了十美元一张的纸币，每捆一百张，一共是两千美元。你数一下吧。”那须说。

“不，请稍微……”策太郎用手擦了下脸上的汗水。

“嗯，不过公家的钱，不数也行。”那须又捻着胡须尖说。

策太郎感到吃惊，并不是没有道理，当时两千元美元是相当大的一笔数目。就拿他在鹿原商会工作的薪水说吧，换成美元，每月还不到四十块，而且他是有特殊技术的人，薪水远远超过一般人。现在摆在面前的两捆美钞，足足相当于他四五年薪水的总和。

“这笔钱做什么用？”

“我刚才不是说了吗？你随时要和文保泰打交道，这笔钱就是活动经费。明白了吗？比方说，在半夜，有什么事需要你做，你就要立刻起床，马上去办，去打听消息。这些不都要用钱吗？”

“这么多钱，怎么用啊？”

“那就靠你自己想了。我也不能像教小孩儿似的，把着你的手，一点儿一点儿地教给你吧？你自己随机应变吧，这些钱也不过两千美元，不至于发怵啊！”

“不过两千美元？”策太郎目瞪口呆地说。

“要是不够，到时再提出来！这关系到国家大事，必要时，多少钱都能拿得出来。”

“好吧！”策太郎不得不接受了。

虽说那须让自己大胆花，可这么一大笔钱带在身边，策太郎心中总是有些担忧。就像去年，自己将一尊国宝级的佛像从奈良运往东京时，路上老是东张西望，生怕会出什么事，一直无法安心。现在的心情也是如此。

不过，策太郎还是需要好好想想如何使用这笔巨款。

翌日，策太郎又去拜访文保泰。当文保泰将他带进悠悠馆时，他突然问道：“如果我想请先生帮我取拓本，也要通过修古堂吗？”

“你吗？什么样的拓本？”文保泰反问道。

“一尊佛像。有位客人想把它弄成拓本，再裱成挂轴，可我的技术还差得远。我想……”策太郎昨天刚从一个将去日本赴任的外交官手里，买进一尊小佛像，像是宋代文物。他是鹿原商会的职员，做这种买卖完全正当。他想利用这一点和文保泰打交道。

“哦，是你店里的客人，老主顾吗？”

“嗯，是的。一位了不起的人。”

“出多少钱？”

“五百美元。”

“佛像值钱吗？”

“像是宋代文物，看上去还不错。”

“有多大啊？”

“高约十五厘米，体积很小。”

“用它取拓本，要花五百美元吗？”

“嗯。”

“那位客人真糊涂！虽然我这样说有些失礼。”

“嗯……那个……”策太郎吓了一跳。

策太郎心中忐忑起来。开价太高了吗？就是因为太高不合适，他才提出五百美元。可文保泰听后，表情似乎有一点儿轻蔑。倘若只是轻蔑，倒也没什么，但如果对方怀疑自己有什么企图，以后就难办了。

策太郎好不容易才镇静下来，咽了下口水，补充说：“当然，这里面也包括裱糊挂轴的钱。要使用上乘材料，那个……那个挂轴要镶翡翠……”

“都要托我做吗？”

“如果可以的话，还是尽量想请您帮忙。”

“那就花四百美元吧。”

“哦，怎么？”

“这么一来，你就可以从中赚一百美元啦！”

“不用不用，没事。对老主顾，我们店不赚钱也不要紧，也算是对他们尽些心意吧。何况，东京的老板一向主张，必要时赔些钱也在所不惜。唉，干脆说吧，赚钱是不行的。”

“你是说，做生意的人赚不赚钱无所谓？这话听起来有点儿奇怪呀。”

“或许是吧。可对我们来说，也是因为各种原因才……只要您能帮忙，我们拿出五百美元不算什么。”

“真是妙事啊！”

“就这么定吧！”策太郎一边说，一边抹着额头的汗。

“好。要是这么说，我就接受这五百美元了。”

“实在多谢您了！”策太郎依然十分不安。

这是很高明的收买手段。

“拓本费算三百美元，剩余的就作为裱糊费好了。”策太郎又补充了一句。说实在的，就算用最高级的扇料纸，或是用传统的优质纸，再加上最高级的乾隆御墨，拓本的成本费也不会超过五十美元。不过，不让文保泰多赚些钱，也达不到收买的目的。

“明白了。那你什么时候把那尊佛像拿来吧。”文保泰表现出一种不必再在钱上纠缠的态度。于是，话题就此中止。他重新坐回紫檀木椅上。

“那么，土井先生，咱们谈一谈拓本用的棉花球，行吗？说真的，我倒是想到了一些妙法。”

这时，策太郎却有些烦了。仅是几句应酬话，没有任何其他目的，他还可以耐心地聊聊；可叫他去做收买人的工作，他就感到有些为难了。这类事情不合他的禀性，实在是难以胜任。

试探性地收买之后，策太郎就离开了悠悠馆，直奔那须启吾家。

“怎么样？有收获吧？你看上去怎么无精打采呀？”那须问道。

“当然有收获啦。那位老爷研究取拓本用的棉花球，还将技术教给我了呢。”

策太郎向那须大略地做了一番介绍——

取拓本时，用水把纸渗透，将纸晾开，然后在快要干的纸上沾上墨汁。这种在纸上沾墨的工具，称作“扑子”，也叫“拓包”，日本则称作“棉花球”。平时练枪术，为了避免刺伤对方，人们会在枪尖上绑上用布缝好的棉花球，这就是棉花球枪。“棉花球”这种说法大概起源于此。

拓本用的棉花球买不到，得亲自制作。将假发揉成一团，用棉布包起扎紧，同时再留一部分头发捆成把柄状，或直接装一个木制把柄，棉花球就做成了。蘸墨汁的那一部分，网眼要细密，这样搞出的拓本才漂亮，因此一般都在那儿再包一层红绢。

拓本文字的模样、大小都不一，事先也要准备各种各样的棉花球。小的直径约二厘米，大的直径约十厘米以上。取拓本时，用棉花球在纸上轻轻拍打，绝不可在纸上摩擦。不过，即便是轻轻拍打，也十分辛苦，还非常需要耐性。

文保泰虽年近五十，取起拓本倒不觉得太累。他根据多年经验摸索出了一种新方法，即在棉花球里装上假发和弹簧。一般的棉花球在纸上拍打时，提棉花球还要费力气。放进弹簧后，就可借助弹簧的弹力弹起棉花球。这样用力就减少了一半。

策太郎曾借来这种有弹簧装置的棉花球试验，可弹簧回弹的力量太强，操作起来反而更累。他向文保泰求教，文保泰解释说："那是因为你还没习惯。习惯以后，自然就熟练了。"

后来，策太郎又做了一次试验，果然如文保泰所讲，只要节奏协调，速度就快多了。操作时，弹簧迅速弹回来，操作者必须跟上速度，掌握住节奏。

文保泰还讲过，如果石碑上的文字太小，则不宜使用这种有弹簧的棉花球，得用一般的棉花球仔细地轻轻拍打才行。

策太郎说完，那须皱着眉头说："哎！什么棉花球啦，什么这个、那个的啰唆事都不必讲了。主要是拉拢文保泰的事，到底有什么进展啊？"

策太郎凝视着那须，郑重其事地说："不行！我做不了这种收买人的工作，还是请您另请高明吧！"

"那肯定不行！"那须睁大眼睛瞪着策太郎说，"这是为了咱们国家啊！”

“这话我都听烦了。效忠国家，难道不能用自己的擅长之处去尽力吗？我不会，也不适合做收买人的工作，为什么非要我去做呢？我真不明白，做起来也没有心劲儿。”

“真拿你没办法。”那须抱着胳膊思考了一会儿又说，“总而言之，你是觉得做这种事情没有价值，是不是？嗯，也是。如果你能明白这件事对祖国有多大贡献，估计你就愿意去做了。”

“是的。唉，现在我就像是摸黑打枪，只一个劲儿盲目地打，却丝毫不见效果。我心里特别不安。”

“是吗？好，那我简单说一下吧。现在我们最关心的是俄国的动态。”

“我知道。”

“可以这么说，如今咱们国家已经决定和俄国开战，正在积极地做准备，只是需要找好开战的时间点。开战越晚，对俄国越有利。西伯利亚铁路是单轨的，运输物资需要时间。虽然它补给线长，但只要一年时间，俄国的兵员、武器、弹药，甚至粮食都会源源不断地运往“满洲”。若到那时，旅顺、奉天[1]等地将固如金汤，日本军队就更难与之匹敌。因此，只有趁着俄国尚未准备好，日本乘其不备而攻之，才有获胜的希望。我们的任务就是尽全力排除提早开战的一切障碍。我拜托你做的工作也是与此有关啊！”那须严肃

[1] 奉天：今辽宁沈阳。

地说。

紧接着，他又分析起了时局——

义和团事件后，俄国乘机占领了觊觎已久的旅大不冻港[1]，企图借此将其利爪伸进朝鲜。但日本早已将这些地区划作自己的势力范围，如此一来，日俄之间必然产生摩擦。

当时，俄国国内的情况也十分复杂。财政大臣维特和外交大臣拉姆斯德尔夫等人反对与日本作战。陆军大臣库罗巴特金虽不反对，但也不愿过早交锋。据说，他认为再等三年，日本将不战而退。然而，内政大臣普莱咸、侍从官贝索拉索夫，再加上被称作“怪物”的阿巴扎等强硬的主战派，却在宫廷里暗中活动。最终，在他们的敦促下，俄国领导人未与稳健派维特等人磋商，便在远东设立了总督府，并任命属于强硬派的阿历克谢耶夫为总督。

九月，强硬派当中的极右中坚分子阿巴扎掌管了远东问题委员会，其权力远远超过外交大臣。此时，稳健派的维特已被迫退出政治舞台。俄国的强硬派日益嚣张，他们先是恫吓日本，企图让日本屈服，但日本却表示了强烈的反抗。

中日甲午战争期间，俄国曾出面干涉日本。由此引起日本的强烈不满，反俄气氛非常浓厚。日本人还曾提出“卧薪尝胆”的口号，准备向俄国复仇。再加上去年和英国缔结的同盟关系给日本带来很大的支持，所以对于俄国的恫吓反抗态度异常强硬。此时日本的根

[1] 旅大港：这里指旅顺、大连港口的合称。

本方针完全可以说是“希望早日对俄开战”。

俄国则通过西伯利亚铁路不断强化在“满洲”的军事力量。但目前尚未做好开战准备。

日本只有在俄国做好充分准备之前，以迅雷不及掩耳之势，将其击败，才有胜算。

最初，俄国的强硬派以为，日本的反抗只不过是硬充好汉，不久便会屈服。但根据后续的情报，他们也逐渐了解到，日本似乎已经决死一战了。

问题就在于：如果俄国的执政者已经觉察日本及早作战的想法，就会加快考虑对策甚至要抢占战场先机。

1904 年秋季过半，日本迅速做好了作战准备。而在外交上，日本还应争取主动权，以便出师有名。作为开战的理由只有一个，那就是敦促俄国将其军队撤出东北。

掌握实权的俄国强硬派肯定不会撤兵，可出于外交策略，他们必定会发布撤兵宣言，又或是采取其他缓和形势的行动。若日本因此被掣肘，无法以正当的理由宣战，俄国将重占上风。他们肯定会不断加强在“满洲”的军事力量，并窥测时机，制造借口取消撤兵宣言，从而又一次扩大其势力范围。这是俄国政府一贯的伎俩。

很明显，即便俄国表面上一再叫嚷着撤兵，实际上也不会付诸行动。因为对俄国而言，撤兵就意味着放弃其处心积虑谋取的远东利益。日本只是大声疾呼俄国应当撤兵，无济于事。重要的是，要让人们相信，日本将来出兵东北、对俄开战是正义之举，是要敦促其履行撤兵的诺言，而并非是出于私利。只有这样，日本未来的宣战才有法律上的威信。

只是俄国进军的目的地——“满洲”，是清朝的领土。俄清之间正在酝酿新的中俄协定，若清政府批准，双方就要共同拟定撤兵计划，这样，日本将再无理由宣战，至少是不得不加以延期。只有当俄国仍不履行第二次中俄协定时，日本才再有理由宣战。但到那时，一切都为时已晚，俄国必定已经做好各种军事准备。因此，对日本来说，还是越早开战越有利，容不得半点儿犹疑。何况，俄国时时刻刻都在加强西伯利亚铁路的运输能力。

那须详细地阐述了目前日、俄两国军事力量的对比，随后又补充了一句：“现在为难的是，清政府并不希望日、俄两国打仗。”

“那是自然。谁都不愿意让别的国家在自己的领土上打仗啊。不论谁胜，对清政府都没好处。”

“直隶总督袁世凯极力主张要防止日俄之战，而且上奏朝廷，希望尽最大努力避免战争爆发。”

“这也能理解。”

“倘若目前不宣战，日本将失去这个绝好的时机。当然，我也不是说一定要在今年之内。我想，最晚到明年吧，否则日本永远都得不到“满洲”了。”

“那咱们今后要怎么做呢？”

“现在驻北京的俄国公使莱萨老奸巨猾，咱们要多加警惕。他在清朝政府里结识了不少亲俄派的大臣，这些人现在都在为他奔走。”

“以李鸿章为首的亲俄派不是一直在活动吗？他们可是有亲俄传统的。”从这句话看来，策太郎对时事也有一定的观察和见解。

李鸿章曾参加了尼古拉二世的加冕典礼，据传说，俄国用三百万卢布收买了他。不管传说真假，他在晚年确实非常明显地亲俄。

与中国接壤的国家较多，除了俄国，还有朝鲜、越南、老挝、缅甸、印度等国。但中、俄两国之间的边境线最长，因此，清朝必然要与俄国结成友好睦邻关系。以李鸿章为代表的中国人一般都这样想。

虽然政界巨头李鸿章已故世，可在受他影响的官员中，如袁世凯这般身居要职之人，仍为数不少。

“庆亲王负责清政府的外交事宜，俄国公使莱萨很可能要拉拢他。而庆亲王的得力助手就是那个油光满面、长满胡子的那桐。你知道吗？和那桐最亲近的就是文保泰。其实，咱们就是要通过文保泰联系那桐啊！”那须严肃认真地说。

经那须一点拨，策太郎这才恍然大悟，知道自己的任务何等重要了。

人物关系图

知道自己责任重大之后，策太郎便没有了顾虑。

直接地讲，他的任务就是设法监视清政府的高官，别让俄国人抢先收买了。文保泰就是联系清政府高官的渠道之一。估计还有别的人和他一样，也在通过其他渠道进行秘密的活动。

策太郎一边想，目标缩小了，工作的效果会更好，一边又担心，这么一来，就难以看清整个局势了。人总不愿意成为别人的工具，都想靠自己去思考问题，按自己的意志行事。

再次来到中国，虽然见到了王丽英，可不知为什么，策太郎内心总有些不安。但当那须启吾讲明了他的责任时，他却暗暗欢喜起来，因为除了找到了工作的意义，今后还有了充分的理由去接近王丽英了。

“找机会认识一些关心政治的人，也许能获得意想不到的情报吧。”年轻人经常出入于各种场所，他们知道的情报肯定很多。

李涛等人就经常在王丽英家聚会，其中不少人都曾去日本留学。他们对策太郎没什么戒心，王丽英就曾坦率地对策太郎讲过：“土井先生，我们这些人都是同情革命的。”

当时，中国的革命家们最苦恼的就是自身的孤立，因此他们非常欢迎外国友人，就连孙文也不例外。土井策太郎是日本鹿原商会的社员，他就借此身份接近革命者，开展间谍活动。

当时，书画古董一类的买卖都集中在北京外城，也就是著名的琉璃厂。以前，那儿是专门供应皇家琉璃瓦的烧窑场，久而久之，便被称作琉璃厂。文保泰委托生意的“修古堂”就开在那里。

王丽英到北京后寄居的舅父家，就在琉璃厂附近的吉祥二条胡同。后来，她舅父举家南下，迁往上海，便将房子委托王丽英代管。因此，王丽英的朋友们便毫无顾忌地到王丽英家聚会，谈笑风生，无拘无束。

策太郎本是古董商人，自然经常去琉璃厂，也常常顺道去王丽英家，两人的关系也更近了些。其实，策太郎真想天天都去找她，可又怕太明显，只能隔一天去玩玩儿。在王丽英家，有很多年轻人喜欢发表对目前形势的看法，也互相争论。策太郎在心里偷乐：这情报来源多好呀！

年轻人们经常谈论的话题之一，就是当前日、俄之间的矛盾。每当谈到此，几乎所有的人都愤慨地说：“想在我们神圣的国土上发动战争，真是岂有此理！”

有时也有一些与众不同的见解。有一位年轻人的见解就很不一样，他曾就读于日本高等师范学校，长长的脸，皮肤白嫩，眼神怠倦，他说："我们应该热烈欢迎日本和俄国在关外开战。为什么呢？因为那里才是满人的故土。一旦战争爆发，关外变成废墟，满族贵族们的心理和财力恐怕都要遭受打击。当然，一旦东三省成为战场，当地居民必定首当其冲，应该事先让他们避难，除此之外也没别的办法。只要鞑虏的领地荒废了，清朝也就完了。我辈革命者，应该为日俄将在关外开战一事感到高兴才对……"

他不是在慷慨激昂地辩论，而是用一种极其冷静的语气，有力地陈述着自己的观点，颇具说服力。

他提到的"鞑虏"一词，是汉族对满族的轻蔑称呼，"鞑"是指鞑靼人。两百多年前，女真人建立起清朝的统治。清朝的皇亲贵胄们，大多在东三省占有领地，每年靠着年贡，过着豪华、奢侈的生活。倘若他们无法再从领地上得到任何东西，无疑就会衰败下去。所以，利益攸关下，他们一定会死守东三省，将其视作清王朝的"屏藩"。但如果有一天，"屏藩"不再，他们势力衰落时，谁还来维护清王朝的统治呢？这样，清朝也就濒临灭亡了。

以上的论点条理清晰，也是出自那位年轻人之口。

有些人听了，频频点头道："果然不错，见解的确独特。"

不过，那些反对的人却驳斥道："东三省固然是鞑虏的领地，可在那块土地上耕种的不都是咱们汉族兄弟吗？一旦战争爆发，他们都会流离失所。不行，一定要制止这场战争！"

待激烈的争论略微平静下来时，李涛从容不迫地站起来说："不管咱们再怎么争论，假设总归不是现实。诸位，我想，仗是打不起来的！这是现实。即便日本再想发动战争，他们没有借口，不也是枉然吗？”

策太郎不由得大吃一惊。李涛讲话的口气似乎很自信。

“你怎么知道呢？”王丽英问道。

说来也巧，策太郎也正想问。

“反正这就是我的看法。消息来自有关方面，很可靠，不会有错。但我不能多说，否则给我提供消息的人会有麻烦。”

“可是，为什么日本方面找不到借口呢？”王丽英追问道。

“丽英，你不了解国际形势。我认为咱们首先要对总体大局有个估计……现在庆亲王走的是李鸿章的路线，也许这样做是对的！”李涛说完，哈哈地笑了。

此刻，策太郎的心早已飞向了金鱼胡同。哪怕是街头巷尾的传说，策太郎也应当向那须汇报。倘若情报确切，那关系就重大了。

策太郎真想立刻告辞，但又怕引起别人的怀疑，只好耐心地等待着。也只有在这种紧张时刻里，他才会忘记王丽英的存在。

不久，在座之人转换了话题。策太郎机敏地抓住时机，故意伸了个懒腰，开口道：“我告辞了，还要去做生意。唉！当小职员真辛苦。各位有时间去琉璃厂时，请到敝店里坐坐……”

一出来，他就急忙坐上一辆人力车，赶紧向城里奔去。

他专程来向那须汇报重要情报，可到了那须家，却不见那须的人影。那须雇的老妈子带着南方口音：“哎呀，我家老爷出去的时候什么也没说，不知道他什么时候回来。”

“真是的，我有事要找他，他却到外面溜达去了……”策太郎又气又急，发了几句牢骚。

但无论如何，策太郎还是要耐心地等那须回来。

大约过了半个时辰，那须回来了。策太郎虽然只等了二十分钟，可觉得像是足足等了半天。

那须见到策太郎，却一脸困惑和为难。

“你怎么了？我现在正忙着呢！嗯，这样吧，反正我也有事找你。你过两小时再来，行吗？”那须不耐烦地说。

策太郎顿时怒不可遏。他想，如果他听到的情报属实，那就可能是左右国家命运的大事。那须启吾那种不在意的态度，真让人气愤。

“两小时后再来？无论如何，我也等不了那么久。”策太郎严肃地说。

“哎呀！”这时，那须才感到策太郎的神态不太寻常。

“我得到一个重要情报，”策太郎按捺不住急切的心情说道，“也许是毫无根据的谣传，但也必须立刻向您汇报，所以我才特意赶来……”

那须凝视了一会儿策太郎，然后手臂抱在胸前说：“听肯定是要听的，但你简单扼要点儿。”

“我得到的消息正是咱们一直担心的事，听说不会打仗了。”策太郎一边说，一边瞪了那须一眼。

“你是从哪儿得到的消息？”这时，那须才将胳膊放了下来。

“一位在东京认识的清朝留日学生，他的叔叔是李鸿章那一派的官员，现在好像是吏部的主事，此人一般不会信口开河。”

“嗯嗯，果然如此，又增加了一个确切的证据。”

“您这是什么意思？”

“我们昨晚掌握到，俄华银行最近有巨额资金流动，我们怀疑这资金是用于秘密活动的。之后袁世凯的一个幕僚也透露了点儿消息。是这么回事，据说，一个和这个幕僚相好的艺妓说害怕打仗，吓得不得了，幕僚就说：‘没关系，仗打不起来。你要是不信，我敢和你打赌。’此人平时很谨慎，不会信口雌黄。公使得知后，非常忧虑，急忙召集相关人员开了个会。我就是刚开完会回来。参谋本部第二部的长官也认为，只能设法收买相关大臣了。连坂西少佐也极力主张收买……正好，你也掌握了同样的情报。你辛苦了，干得不错。现在，文保泰这个渠道就更重要了。两个小时以后，你再来吧。我还要去开会，商量机密费用的开支。”

平时做事一向从容不迫、保持“东洋豪杰”精神的那须启吾，此刻也流露出一丝慌张。那须打开抽屉，在里面胡乱地拨来拨去，挑了几份文件，迅速塞进衣服的内袋，之后又匆忙打开公文包检查，嘟囔了几句，又将公文包合上了。

离家之前，他歪着脑袋看了看自己的屋子，依依不舍似的。此时的那须，和他经常谈到的那种小人何其相似。他一只手开门，另一只手还拍着衣服口袋，生怕漏掉什么似的，越发显得惊慌失措。

关门时，他似乎才想起来，策太郎还在自己屋里呢。“喂！我走了，等一会儿再见。我刚才说咱们几点钟见面？”可能太慌张了，他连自己刚才说的话都忘了。

“你说两小时之后再碰头。”

“哦，是吗？到公使馆开会用不了一小时，现在还不到四点，等我回来咱们一起吃饭吧。抱歉，你能不能跟老妈子说一声，准备一下晚饭？这样，我一回来就能吃上。我想一边吃饭，一边和你商量。哎呀，真是太忙了！”那须启吾说话如此慌张，真是少见。

门一关上，就听到一阵“咯嗒咯嗒”的皮鞋声，感觉到鞋的主人正急急忙忙地走下台阶。

可很快，那须又转回来了，应该是忘了什么东西。“哎呀呀，真是……太慌了，不行啊！冷静点儿！冷静！”那须回到屋里，一边自言自语一边打开抽屉，把文件、笔记本一阵乱翻。不一会儿，总算是找到了忘带的东西，他才放心下来，小心翼翼地把一张纸放进了公文包。

或许是觉得自己的狼狈相全被策太郎看到了，那须难为情地笑了笑，说道：“你在这里等我回来，也许会觉得闷，要不你看看这个吧。”说着，他从前胸口袋里的一叠纸中抽出几张，递给策太郎。

“这是什么？”

“你看了就知道了，也算是一种学习吧。好了，这次我真的要走了。你要离开的话，一定得告诉老妈子把屋子锁上。拜托你啦！”

离开屋子前，那须故意放慢了脚步。一关上房门，脚步声立刻又变得急促起来。

策太郎独自坐在桌前，心想，现在正是关系国家命运的关键时刻。连那须启吾这样的人都开始急忙行动了，不正说明事关重大吗？想到这里，他不由得忐忑起来。

他打开那须留给他的文件，像是一份名单。

文件是铅印的，很多地方已经黑乎乎的，大概是油墨未干时，不小心蹭的吧。上面列着中国人的名单，人名大都听说过，看来都是清廷要员。名单之上有铅笔字迹，周围还画着不同颜色的线条、圆圈、双重圆圈、三角形以及 × 号。

策太郎一边看一边忖度：这也许是某次秘密情报会议的参考资料，就清政府高官们的复杂派系和每个人物的性格加以说明。一定是会议紧急，匆忙赶印出来，墨迹未干就发给了相关人士。印出来的名单横七竖八、排得很乱。

因为都是政界方面的代表性人物，没有官职的文保泰，并未出现在名单上，但在用铅笔写的注释中，倒是有他的名字，名字上还画了双重圆圈。此外，两条平行线将他和那桐连了起来，同样的线条也连接起了那桐与庆亲王。

庆亲王与袁世凯之间则用齿状线连接。袁世凯与张之洞之间用蓝线连接，还打上 × 形符号，大概表明他们关系不好。

这张表连已故的李鸿章都印上了，显然是说明，虽然李已死，但他那一派人的势力还在。这些同派人的名字之间，也用各种线条连接起来。凡是用红线和李鸿章连在一起的，估计都是李的直系，像袁世凯、伍廷芳、盛宣怀等。

策太郎寻找着自己熟悉的名字，看到“那桐”时，心中还是有些惊异，心想：“那桐权势真不小啊！”他的名字像是一个车轮轴，周围布满了不同的放射状线，而且没有一条线打上 × 号，这说明那桐和所有人都相处得不错，怪不得传闻说“那桐是政界的游泳冠军”。那桐与庆亲王之间则特意用一条红线连起来。

在清政府的权臣中，和日本关系最密切的当属外交大臣了。

中国的历代王朝一向不重视外交工作。实际上，与其说不重视，不如说他们甚至都不认为自己需要外交，原因就在于所谓的“中华思想”，即他们认为中国是世界文明的中心，周围的国家都被视为蛮夷之国，因而不需要与之交流。历史上中国国力强盛，周围的小国都想得到大国的庇佑，因此会不远万里，带上贡品前来朝拜，中国不会将其视为平等的国家，而是采用慰抚的方式，即回赠更贵重的礼物，将其收为附属小国。因此，在鸦片战争之前，英国和葡萄牙均被视为番邦，他们在广州的贸易，也被当作带来了本国的特产给中国“进贡”，而中国为了安抚他们，也将本国的特产赐给他们，以示褒奖。

中国了解到国家平等之说，大概是到了鸦片战争之后。

中国的六部制度起源于北周[1]，这种制度一直沿袭到清朝。清政府所设六部如下：

---

[1] 六部制起源十北周：三省六部制源自隋唐。原作者误作北周。

户部——管理税收、财务。

吏部——管理民政、人事。

兵部——管理军事。

工部——管理水利、土木建设。

礼部——管理仪式、典礼。

刑部——管理司法。

过去，中国和外国交往时，“礼部”处理礼节接待等事，“户部”则掌管进口税等财务事宜。虽然两部共管一事问题很多，但鸦片战争之后又过了很久，专门办理外交的总理各国事务衙门才成立。

中国历代王朝一直沿用六部制度，因此人们一直对“六”这个数字很敬重。但后来不能再拘泥于“六”了，于是将兵部分成陆军部和海军部。此外，还设立了邮政部和学部。

各部长官均称“尚书”，每个部满、汉尚书各一名。户部的满尚书是那桐，而汉尚书则是“硬骨头汉子”鹿传霖[1]。

总之，中国的衙门相当复杂，外务部就更复杂了，除尚书外，还设有“总理大臣”和“游说大臣”。当时，外务部的总理大臣由清朝的实力派——军机大臣庆亲王兼任。庆亲王是乾隆皇帝的第

[1] 鹿传霖（1836—1910）：清末直隶定兴人（今河北省），字滋轩，同治进士。曾任陕西巡抚、四川总督。1900年（光绪二十六年）八国联军攻陷北京时，募兵三营护送西太后逃至西安，之后授两广总督、军机大臣。回京后，兼督办政务大臣。1909年（宣统元年）任东阁大学士。

十七子永璘之孙。不管是论出身门第，还是真才实学，此职都非庆亲王莫属。

庆亲王名字处有铅笔注释："此人特别吝啬。"旁边还有两个名字：

陶大均——主管行政杂务。

萨荫图——俄语翻译。

任用陶人均估计和那桐重视文保泰有关。至于萨荫图，可能是因为与俄国关系密切而设置的俄语翻译。

辅佐"总理大臣"的"游说大臣"原是王文韶，最近却改为了那桐。外务部中的汉尚书由瞿鸿机担任，满尚书则由那桐兼任。

因此，外务部是由庆亲王和那桐掌握着实权，而且二人属同一派系，可以说是沆瀣一气。文保泰与此二人关系密切，是代办杂务的重要人物。要买通这些人，钱花少了可不行，非要巨资不可。当然，庆亲王和那桐都不会直接过手。所谓代办杂务，文保泰做的就是这个。

策太郎双手置于桌上，撑着身子，一边仔细看名单，一边思考各种问题。他越看越觉得，日本似乎马上要被卷入到巨大的旋涡里，顿时，眼前一片昏暗，身体也不由得发起抖来，过了许久仍然无法平静。

绝景值百万

每当接受一项任务，人都喜欢弄明白这任务的前因后果以及意义为何，策太郎不断追问那须启吾就是如此。

如果知道自己正站在一个历史意义非凡的舞台上，任何人都免不了兴奋。可舞台之上，重要的只是极个别人，多数人只是不起眼的小角色。人世间这个舞台过于巨大，即便小角色也重要如机器中的齿轮，缺一不可，可还是没人看得到、看得起。小小的齿轮，身处庞大的机器里，不分昼夜地转动，无比孤寂。

策太郎从整个人类起一直想到个人的命运，深深感到做一个齿轮的悲哀与凄凉。

那须之前说要两个小时以后才能回来，可还不到一小时他就回来了。

“您回来得真快，我还没让老妈子做饭呢。”策太郎说。

“现在也来不及吃饭了。情况紧急，咱们得分秒必争，稍有疏忽，就会被俄国搞垮。你怎么还这么悠闲呢！快！咱们马上走。”那须说完，抓着策太郎的手腕就往外走。

“上哪儿去？”

“文保泰家。”

“去干什么？”

“一直唠叨地问为什么，真烦！得了，咱们边走边说吧，现在没法坐着慢慢讲。”

看来，一定是有紧急的事发生了。

那须连拉带扯地把策太郎拉了出去。一出胡同口，就看到近处停着一辆马车。

那须指了指马车说：“那是公使馆派来的车，咱们说话要小心，千万不能让车夫听见。干脆，上车之前，我就把你的任务交代清楚。”

“这么几步路就能讲清楚？”他们离马车最多不过三四十米。

“你的任务是，”那须快速地说，他走得极慢，说话却像连珠炮似的，“把钱交给文保泰。为了阻止清政府和俄国签署第二次撤兵协定，我们必须用重金收买清朝的权臣。”

“钱在哪儿？”

“我拿着呢。”那须说完，略微打开皮箱给策太郎看了下。这已经不是一小时前他拿出去的那个皮包了，而是一个很高级的旅行皮箱。

“怎么给他。”

“只要交给他就行了。”

“一共多少钱？”

“分两次给。今天给庆亲王七十万、那桐三十万，总共一百万。”

“您说的‘万’指的是？”

“日元。”

“啧啧……”

当时，有一千日元就能称得上是富裕之家了。即便在城市，拥有万元家产者也是极少数。如果是百万日元，当真是巨资了。

“第二次交钱，再给他们两人各十万元就够了。此外，文保泰提出要咱们给他五万日元。”

“他？他又没什么实权，要那么多钱，太过分了。”

“现在气愤也没用，他也不会白做中间人吧。”

“要是耐心跟他讲价，肯定能少掏点儿。这家伙开口要五万日元，简直是开玩笑！”

“你要和他磨嘴皮，他也许会让让步，少要一点儿。但现在来不及了，已经没有讲价钱的时间了。俄国公使莱萨和庆亲王已经就撤兵达成协议，都签字了。”

“那怎么办？”

“幸亏还没有办完批准手续。”

清政府所谓的批准，就是要得到西太后的许可。不过，自义和团事件以来，西太后尝到了苦头，极少插手外交事务。所谓批准，仅仅是形式而已。只要庆亲王确定了，就八九不离十了。

“什么时候正式批准？”

“今天庆亲王拿着协定书，进宫晋见西太后。真险啊！据说，知道内情的人以为事情马上要办妥，就放心了，可不知在哪儿就把秘密泄露出去了。他们以为即便日本知道，也措手不及了。可其实我们早已掌握了不少情报，你不是也知道一些吗？”

“那庆亲王见到西太后了？”

“这事也是巧了，没想到，西太后感冒了，没有见成。庆亲王说，等明天西太后病好了再办，就退了出来。我们得到这个情报后，立刻研究对策。”

这时，两人距马车只有五米远了。那须干脆停了下来。

“看来，对策的效果不错？”策太郎看着那须手里的皮箱，问道。

“唉，当时是不管怎样也要想办法，问题是给多少钱和怎么给。至今也没了解到俄国的动静，但一定要瞒过他们。和银行打交道，也是无比小心，生怕张扬出去。咱们也不可能全部付现款。总算结果还比较好。”

“谁去交涉钱？”

“我上司。当然，名字不能说，他也不是公使馆的正式职员。”

“那他和谁交涉呢？”

“一个叫陶大均的老头子，他是庆亲王的秘书。交钱时，双方各派两人，其中一人可由对方指定。咱们只能指定文保泰，而对方则指定了你。真不错啊，我把你从东京叫来，到底是派上用场了！”

“是吗？”从遥远的东京来到北京，仅仅是当交钱的证人，这是策太郎无论如何也没想到的。

策太郎有些惭愧，自己虽然间接了解到俄国的计划，但没从文保泰那里得到更多有用的消息。不过，就连参谋部派来的情报专家，对于俄国的动态也是一无所知，外行的自己又能怎么样呢。

话虽如此，交涉贿赂款的工作却交给了自己。这项任务本应由比那须更高一级的人物来做的。

策太郎反复思考之后悲凉地想，自己只不过是齿轮上的一个齿。

那须此时非常高兴，毕竟是自己把策太郎从东京找来，关键时刻又起了作用。可策太郎却感觉像是一阵冷风穿透了胸膛。

“现在该明白了吧，你是对方指定的证人，我只是随从而已。对方除文保泰之外，也派一个人做证。”

“嗯，明白了。”

“那咱们就走吧。”

那须一时起了兴致，踢了下石子，向马车跑了过去。可毕竟跑不了多快，他手里的皮箱实在太沉了。

策太郎追了上去。

马车从金鱼胡同奔向铁狮子胡同。这两个地方相距并不算远。

明朝崇祯年间，嘉定伯府邸前蹲着两只石狮子，据说，这就是铁狮子胡同的由来[1]。传说中，狮子可以除魔，很多富裕之家都喜

[1] 铁狮子胡同：一说是因为元朝时某贵族门前的一对铁狮子而得名。

欢在门前摆上狮子。

“对方要求我们来时不要引人注目，当然我们也希望如此。他们说，可以秘密造访那里，你是知道的。”那须在马车里小声说道。

“嗯，我知道。”策太郎回答道。

对方的意思是从后门进入悠悠馆。

策太郎为马车夫引路。

文家的后门果然站着一个看门人，晒太阳似的等着他们的到来。

车到了门口，看门人连声说：“请进！请进！”说着，把他们带了进去。策太郎一看，果然是悠悠馆。

文保泰已经坐在那里等候了。

他坐在日本席上，面前横放着一座崭新的、近似半圆形的石碑。石碑最长处约一米。

当时的富贵人家，为了光耀门庭，一般都请当代最知名的文人雅士为其祖先撰写碑文。

照理说，为不相识的死者歌功颂德，本是问心有愧。可巨额酬金，对那些文人来说，吸引力极大。一般将这种做法称作“谀墓”，即对死人谄媚。清朝中叶，大文豪袁枚就专门谀墓以致富，后来他买下了“随园”——当时有名的庭园之一，经常在其中饮宴作乐，还将席中的肴馔记录下来，著成《随园食谱》一书。

还有一些人，花重金聘请著名文人或是书法家撰写碑文之后，还会特意从碑上取下拓本，分送众亲友，意为传颂祖先功德。虽然此类碑文和“谀墓”用的碑文有所不同，但也要花不少钱。

这块新运来的石碑，大概属于后者吧。

文保泰身边没有放水桶、墨汁、棉花球，看来，他还没打算开始工作，或许是专门在等策太郎等人吧。反正他也知道，只要策太郎他们一来，钱就来了。

“欢迎光临！”文保泰慢腾腾地站了起来，“请坐！”

策太郎和那须在紫檀木椅子上落座。文保泰隔着桌子，坐在他俩对面。

不一会儿，芳兰端上了热气腾腾的香茗。看来，茶已提前沏好，客人刚落座就端了上来。

“这件事咱们还是早办早结束好，您觉得呢？”那须先开了口。

他没有寒暄一番，也不曾自我介绍，单刀直入地讲了出来。在秘密场合，以随从身份出席的人，不做自我介绍更好。

“请喝茶！我也希望尽快办好。”

“不是应该还有一个人吗？”那须问道。

按照事先的约定，双方指定的人和随从都是交钱的证人。

“随从吗？”文保泰听后嗤笑着说。

“对啊，不是事先约好了吗？”那须感到有些不安，向策太郎递了个眼色说。

“我知道，我们也信守承诺。我不是说了吗，咱们已经开始了。”

“嗯？那证人在哪儿？”策太郎急切地问道。

“这不就是嘛！”

文保泰的脸转向斜上方，视线所落之处竟是芳兰。此时，她的脸蛋似乎更红嫩了，朱唇紧闭，可爱极了。

“芳兰吗？”策太郎问。

“是啊。怎么，不行吗？”

“行，行，可以的。”策太郎仓皇答道。

“喂！你……”那须在旁用日语低声地说，“这个小姑娘可靠吗？咱们把钱交给他们，可拿不到正式收据，证人非常重要！那个姑娘是干什么的？”

“她是那桐推荐来的，肯定与那桐有关。”策太郎低声回答。

“是吗？”此时，那须才放下心来，把皮箱摆到膝盖上。

芳兰依然站着，紫檀木椅只有三张。可说也奇怪，她整个人的感觉完全变了，在那须和策太郎看来，她已经不再是卑下的仆人，而是一位出色的证人了。

那须将钥匙插进皮箱的锁眼儿，轻轻一转，发出清脆的咔哒声。他似乎是故意让旁边的人着急，慢腾腾地打开了皮箱。

策太郎明显地感到，对面的文保泰正屏息注视着皮箱。

皮箱内放满了各种纸币和金条。那须从箱盖的夹层里取出装有银行支票的文件袋。

按照双方事先商定，凡是英镑、美元、俄国卢布，汇丰银行（香港汇丰、上海汇丰银行）发行的纸币，均需要按比率兑换成日元后再支付。至于金条，全都刻上了记号，也都是按照标准行情支付。

芳兰站着，手拿笔记本不停地计算着，面部几乎没有表情。

策太郎在数钞票。数着数着，打开箱子前的紧张心情，莫名其妙地消失了。大概是只顾着数钞票、算汇率，都忘了自己很紧张。他暗自苦笑，心想："难道我是为了数钞票才来北京的吗？"

芳兰算得相当快。

一开始，面对这一大堆钞票，不知道要用多长时间才能算完，心中难免有些烦躁。可没想到，换算很快就结束了。中途，芳兰也协助点数钞票，她动作迅速，不禁让人猜想她是否在银行工作过。

工作全部结束了。策太郎如释重负地说："可算弄完了！"

交接巨额钱财，没有收据可谓美中不足。然而既是收买，又不能给收据。

文保泰令芳兰准备纸笔，研好墨。他思索片刻，拿起毛笔蘸足了墨汁，用苍劲有力的笔锋写上："北京绝景值百万。"后又在纸的一角潦草地签上自己的姓名，交给了策太郎。

"北京绝景值百万"暗指收到一百万日元，不过文字晦涩不明，基本等于毫无价值，可总比没有任何凭据好些。

"光是把这么多钞票运出去就够呛。"策太郎开玩笑地说。

"唉，王爷那边已经派人来取钞票了。"

王爷自然是指庆亲王。

交钱后，那须和策太郎乘坐马车回家，那须兴致勃勃地对车夫说："喂！回去的时候比来的时候轻松多了吧？"

车夫是一位五十岁左右的日本人，他当然无法理解那须的诙谐，

“你们来的时候是两个人，回去也是两个人，有什么不一样？”马车夫一本正经地说。

“哈哈……”那须放声大笑。

策太郎顿时觉得浑身轻松。

异　变

翌日，策太郎和那须启吾决定将余下的钱送过去。

按事先约定，应再付给文保泰二十万日元，但他要求多加五万元，总共就是二十五万日元。这笔钱只有昨天的四分之一，都是面值较高的英镑，体积较小，这又是第二次交钱，策太郎和那须都感到比昨天轻松。

日本公使馆已经收到情报，庆亲王今天并未将第二次中俄协定呈送给西太后，看来，昨天上百万日元的贿赂应该是起了作用。俄国公使一再催促中国方面尽快批准，但清政府答复说，西太后患病，未敢呈上。这消息也让他们倍感宽慰。

“估计俄国也会花大价钱收买吧？”出发前，策太郎问那须。

“嗯，他们花了不少呢，可能比我们的还多呢！”

“要是这个协定没能批准，俄国不就损失大了吗？”

“管他呢，他们损失跟咱们有什么关系？”

“咱们花了这么多钱，万一最后还是让俄国得逞了……”

“不用那么担心。知道吗？凡是接受贿赂的官员，都会有人监视。”

“可俄国不也会派人监视吗？也许咱们会输呢！”

“你怎么老是这么扫兴呢？你呀！咱们又不是俄国，也管不了他们怎么做。日本的谍报部门都很厉害的，应该没问题。”

今天一切照旧。马车和车夫是昨天的，目的地也还是铁狮子胡同，连文保泰家的看门人都没换。他们到达后，照样从后门进入悠悠馆。

悠悠馆看上去小巧玲珑，既别致又幽雅。走进里面，没有隔扇和屏风遮掩视线，倒显得十分宽敞。

有一点和昨日不同，那就是文保泰已做好取拓本的各项准备。拓本用的旧纸、六吉棉连纸和扇料纸等材料都堆在日本席的一角。并列的三块大砚台，盛满了研好了的墨汁。另外，还放了两个取拓本要用的水桶。

其实，凡要取拓本，事先必须做好各项准备，文保泰准备起来就更加细致了。他调匀墨汁后，先在普通的纸上试写了一番。策太郎进去时，看到席子上乱放着六七张折了一半的纸，每张都用浓墨写满了字。看来，诸事俱备，只等最后取拓本了。估计文保泰是准备收完钱就开始工作。热爱于此的人，总会设法完善自己的工作条件，然后再开始工作，文保泰就是这样的人。

同昨天一样，三个人端坐着。不同的是，今天芳兰将茶杯一一摆在他们面前，随后拿来茶壶，依次给他们斟了茶，可昨日明明是直接端来的热茶。

“哎，昨天没注意……”策太郎内心嘀咕着。

按规矩，应该当场给客人和主人斟茶。

历史上曾有多次以茶毒人的事件。如果事先斟好茶，再端给客人，客人就算怀疑，也难以启口。因此，为了主客方便，就形成了当着客人面斟茶的规矩。

策太郎想到此，不禁后怕起来。昨天交给了文保泰上百万日元，既是行贿，只能私相授受。若他有歹心，给自己和那须喝下有毒的茶，不光性命堪忧，日本的一切努力都将付诸东流，这笔巨款也会丢失，而且没有任何人知道事情的经过。虽然事实上什么都没有发生，但以后也要小心提防才是。

策太郎放心地喝了口茶，对芳兰说道：“今天你注意了。”他指的是用茶壶斟茶之事，可芳兰听到却皱了一下眉头。

她听懂了，还是即便懂也不想轻易表态呢？或许，只是因为心情紧张而拘谨吧。

“那么，咱们开始吧。”这次，那须启吾非常爽快，“啪”的一声，打开了皮箱，“好在咱们已经熟悉了，今天的钞票不多，一定比昨天轻松。”

“好，请吧，计算方面也准备好了。”文保泰说。

芳兰打开笔记本，把铅笔高举起来，默默地点了点头。

总之，今天比昨天轻松得多，彼此之间也很融洽。因为只用将英镑兑换成日元，计算很简单，数钞票也能跟得上。到最后，倒是有些意犹未尽之感呢。

“点收无误。”文保泰说罢，坐在椅子上微微行了个礼。

直到此刻，策太郎才真正放下心来，松了口气。那须启吾也不自觉地拍打着膝盖，这似乎是男人特有的动作，有着安心的作用吧。

“事情终于告一段落了。我也可以讲了，我之前特别担心，怕半道出现什么变故。”文保泰一边抚摩着剃得发青的光头，一边说，“可能我太紧张了，毕竟处理这一大笔钱也不容易，这几天我整个人都有点儿恍恍惚惚。”

“哈哈……我可一点儿也没看出您有心事啊！”那须奉承地说。

“哎呀呀，我是硬充好汉呢！”文保泰用手在鼻尖处左右扇动着，接着又说，“表面上我当然要装作若无其事，其实嘛，心一直都怦怦地跳。不怕你们笑话，你们看，从昨天到今天，一张拓本我都没取出来。唉，没心思取啊，这心里翻江倒海的，什么都做不了。”

“那现在事情结束了，您就安心取拓本吧。”那须说。

今天，策太郎基本上没和文保泰搭腔，他心里很是愤慨。他想：你不是刚敲了五万块钱竹杠吗？什么心里翻江倒海，实际上是高兴得不知所以了。一想到五万块钱，策太郎就生气。自己苦心经营祖传的书画古董买卖，即便再怎么勤奋，这辈子能不能赚到五万块钱还是个问题。文保泰真是老奸巨猾，轻而易举就……策太郎越想越气。他本来对文保泰还怀有一丝敬意，但这件事之后，他觉得文保泰根本不配他的心意。

“那是当然，我准备马上就取一个。”文保泰很高兴地说，“这感觉就像是两三年没弄过了似的。”

“那就不耽误您的时间了，我们这就告辞了。”那须说罢，便站了起来。策太郎跟着站起来，故意把椅子弄得“咯嗒咯嗒”作响，像个小孩似的。

文保泰也随之站了起来，但又像想起了什么要紧的事，对芳兰说：“你现在先把屋子收拾一下，把那边的一堆纸都装到水桶里，然后打扫一下，行吗？屋子里干干净净的，才有心思工作！”

“好的，知道了，老爷。”芳兰回答道。

那须启吾刚走出悠悠馆，立即打了个哈欠。看来，工作结束了，他的心情也放松多了。

而策太郎呢，他依旧有些心神不宁。即便任务完成，他也想继续在北京待一段时间，一方面继续做书画古董生意，一方面是还想见王丽英。这些日子，他总是时不时地想起这个女子。

他想，以后还会经常到王家去的。至于悠悠馆呢，大概再也不会来了吧。人与人之间，不信任的种子一旦萌芽，很快就会枝繁叶茂，覆盖以往所有的交情。

“任务完成了，心情怎么样呀？”那须回过头来问策太郎。

“唉，以后再也不想做这样的事了。”

“其实，我也觉得很烦。”

两人边走边聊。刚走出悠悠馆，整理完废纸的芳兰也出来了，接着，文保泰也笑嘻嘻地走了出来。

“我们告辞了，您还要工作呢，请您忙吧。”那须说道。

“至少也要把二位送到门口。土井策太郎先生，希望以后您还能来鄙人家里，咱们有缘再见。”文保泰眯缝着眼笑着说。他两腮的肉堆成一团，方形的脸都变圆了。策太郎看不见他脸上的堆笑，只看见了一捆五万块钱的钞票。

那须和策太郎沿着悠悠馆的红砖墙壁走了出来，身后传来一声扣上门闩的响声，策太郎不禁咋舌：此人如此谨慎，真是令人作呕。一旦讨厌起某个人，他的一举一动都会令人反感。

悠悠馆唯一的门，虽然对着文保泰家的后门，但并非正对着，两个门略微错开一些。据一位有名的风水先生说，如果两门正相对，对家宅不利。

大约走上十步，一拐弯便到了后门。策太郎刚出后门，一心想赶快坐上马车，但那须把他喊住了。

“喂！你等一下！”

“怎么了？”

“咱们忘了东西了。”

“忘什么了？”

“你仔细想想昨天的情形，咱们现在就走，不就两手空空地回去了吗？”

策太郎愣了一下，实在不知道那须指的是什么。

“咱们把钱交给他，可是没拿到收据。你想想，昨天咱们交钱以后，不是收到一张纸条吗？你不是还抱怨说‘这么一张纸条有什么用啊’？”

“嗯，对，那张纸条……”

“嗯，纸条上还写着‘北京绝景值百万’。昨天有，今天怎么没有呢？有点儿奇怪呀。”

“您这么一说，还真是啊！”

“咱们今天应该收到一张‘绝景值二十万’的条子。”

“我看，纸条有没有都无所谓，这也给他添麻烦。”

“不，文保泰身边就放着文房四宝呢，老头子信笔一挥，就成了，多容易啊，顺便写一下就行了。”

“您非要这么做的话，咱们就回去。”反正策太郎对这事不大热心，他本来以为再也不会踏进悠悠馆了，结果现在又要转回去，心里很不痛快。

“嗯，必须得回去。”那须如此执拗，非再去一次不可，策太郎百思不得其解。

“可文保泰不都扣上门闩了吗？”

“扣了门闩也没什么，他打开一下，也不费事。对了，咱们托那个姑娘去跟他要就行了。”

他们转回头去，正好看到芳兰的背影。于是，那须叫道：“喂，小姐！”

芳兰回头看过来。他们之间隔得比较远，非要大声喊才能听得见。

芳兰的声音清脆悦耳：“您有什么事啊？”说罢，她放下水桶朝他们走来。

那须迎上前去，走到她跟前说：“我们忘了请你家主人写个字。嗯，就像昨天那样。”

“哦，这样啊。”她似乎也回想起来，“他好像忘了，我也稀里糊涂没留神。”

“能不能拜托您，请他写一下？您正好也是证人。只要简单写上‘北京绝景值二十万’就行了，这就是个证明。昨天给钱后，文先生写了纸条，今天没有写似乎不大合适。嗯……如果我们再回去请他写，显得太郑重其事，而且也麻烦。倒不如请小姐您帮忙办一下更好些……”那须竭力用温和的语气拜托着芳兰。

策太郎倒是也赞成这样，他实在不想再见到文保泰了。

“嗯，好吧。我明白了，我去和他说一下。”

芳兰说罢，向悠悠馆跑去，真是一个活泼伶俐的少女。芳兰这么殷切，那须反而觉得有些过意不去。

“小姐，不用那么着急，慢一些没关系！”那须大声说。

那须原本是善意地嘱咐芳兰，不料却适得其反。声音从后面传去，芳兰一时不知所措，她急忙停下来，却没站稳，打了个趔趄，险些跌倒在地。好在她反应敏捷，一只手轻轻着地，像转轴似的踟溜一下，又灵巧地站了起来。

芳兰没想到自己会差点儿摔倒，反而觉得有些不好意思，站好之后，回过头来向那须他们羞涩地笑了一笑。

“哎呀，真对不起！我只是说别那么着急。”那须道歉说。

芳兰一边拍掉手上的沙土，一边解嘲似的对那须说：“哦，没事！”说完，她慢慢地走起来。这时，离悠悠馆的大门不过五步远。

走到门前，她使劲敲起了门。

悠悠馆虽是西式的，可大门依旧是中式的，左右分为两扇，门中间用金粉写着一个“寿”字。芳兰就站在“寿”字底下敲门，见没有回应，她略微停了停，又敲了起来。

馆内似乎没人。

“怎么回事？”那须也走上前来。

“好奇怪呀！”芳兰回过头来说，“我这么使劲儿，不会听不见的。”

“是不是他太专心工作了，没注意？”那须说。

“可咱们出来还不到五分钟，就算开始工作了，最多也是在裁纸，再怎么快，也不至于用水浸纸吧，还没到集中精力的时候呢。”芳兰说完，又继续敲门，而且比刚才更使劲儿。用力过猛，手都敲疼了。

可敲了好一阵儿，屋内依然毫无动静。

“是不是睡午觉呢？”那须问道。

“我家老爷没有睡午觉的习惯。”

“平时没有，今天也许例外呢，了却一件大事，他也许觉得放心了，就……”那须讲到这儿，也觉得自己的猜测有些勉强，就立即停口不说了。

策太郎也走到了门前。他有些不安，暗自思忖：难道出什么事了？那须说一件大事了却了，实际上还没有啊，二十万巨款还放在悠悠馆里呢，文保泰再怎么胆大，也不会大白天就睡安心觉！

“谁去叫个人来？”那须忽然严肃地说。他隐隐感到有些不对头。

芳兰柳眉紧锁，肩膀有些发抖，也许她也察觉到事情有些蹊跷。她像极了古代美女西施，眉头一皱就“百媚俱生”。笑起来春风骀荡，不笑的时候，朱唇紧闭、眉梢紧锁，十分严肃刚毅，让人难以捉摸。

刚才她被那须叫回去，正好有个男人走过。芳兰用双手拢着嘴喊道：“老刘！老刘！”

老刘四十岁左右。策太郎第一次来北京时，他就在文保泰家里干活了。他干起活儿来有点儿慢，但很有力气，每次搬运笨重的东西都少不了他。策太郎依稀记得听说过，他是看门老人的亲戚。

“什么事啊？芳兰。”老刘不慌不忙地问道。

“老爷可能出事了。”芳兰说话的声音都变了，“我一直在敲门，可怎么敲都没有回音。”

“也许老爷在涂墨，不想让别人打扰吧。”老刘说着，“呱嗒呱嗒”地迈着大步向芳兰走了过来。

悠悠馆大门两旁只有两扇小窗户，不过安装着铁栅栏，里面还挂着窗帘。密谈场所大都是这样封闭，把老刘叫来也无济于事。他虽然有力气，但遇上这种情况，他既出不了什么主意，也帮不上什么忙。

那须跑到悠悠馆的后面观察了一下，结果摇着头回来了。

悠悠馆后面也有两个小窗户，但比前边的高，手臂伸直才能勉强摸到。何况安装的又是不透明的毛玻璃，即便是搬把椅子站上去，也看不到馆内的情况。那须缩着脑袋说：“唉！后面的窗户是毛玻璃，看不到里面，前面的窗户玻璃虽然透明，但窗帘挡着，照样看不见，怎么办呀？”

文保泰根据取拓本时对采光的要求，设计安装了悠悠馆的窗户，特点是窗户小，前面的窗户开得低，后面的则很高。

“哎呀！”策太郎发现靠近大门的窗户里，窗帘下端翘了起来，露出了大约两三厘米的空隙。透过细微的缝隙，他隐约看到窗帘下面似乎有什么东西，不由自主地叫了出来。

“怎么了？”那须听到策太郎“哎呀”一声，急忙走过来问道。

“这个窗帘的下边有点儿空隙，也许能看见里面。”策太郎指了指那里。

“这么小，能看见什么？”

“要是蹲下去呢？”说着，策太郎便蹲了下去，顺着缝隙往里看。

“这么小，跟钥匙孔似的，估计也就只能看到一点点。”那须在策太郎头顶上嘲笑地说。

突然，策太郎使劲儿抓住那须的裤子。

“怎么了？”那须问。

“就像您说的，只能看到一点儿。”

“是吧，没用！”

“可我……我看见文保泰了！”

“嗯？”

毒　刃

终于，文保泰的尸体被发现了。不，也许此时还不能算是尸体。

文保泰的上半身倚在放倒了的石碑上，像是搂着石碑。不过，这姿势并不像是在取拓本。窗帘的缝隙极小，看不太清楚。文保泰的身体被石碑挡住了一部分，但看了一会儿，他一直没动过。

“不能再磨蹭了。”策太郎站起来，他看到崭新的石碑上有鲜红的颜色，应该是血迹。

那须也急忙蹲下身子往里看，可他说没有看到血迹。如此看来，策太郎的视力要比那须好得多。

此时，策太郎还没想过文保泰已经被杀，他只是以为也许文保泰吐血了，也许是他工作疲劳，一时头晕目眩，不小心撞在石碑的角上，以致流血。

“要赶快请医生！不过，怎么进去呢？”策太郎一边喊着，一边环视四周。

“怎么了？”芳兰问道。

“你家老爷好像受伤了，血流得特别多，一动不动的。”

“哎呀，真的吗？”芳兰脸色突变。

“所以咱们要赶快想办法进去抢救！”策太郎急切地说。

然而着急也没有用，首先得想办法进屋。窗户都安装了铁栅栏，砸碎玻璃也没用。因此，要么破门而入，要么爬上屋顶打破天窗钻进去。

那须仔细地观察后，说：“他那样子好奇怪啊！”接着又急切地说，“现在看来，只能砸门进去了，有没有木头？”

芳兰听后眉头一皱，接着，就立刻指挥道：“老刘，你赶快去把猴椿子拔出来。我去叫人。还有赶快去请大夫啊！土井先生，请您帮忙告诉一下我家夫人。那位先生，请您暂时留在这儿。”

猴椿子是指拴马的圆木头，一般都放在大门外面。文家并没有将它固定，随时都可拆卸下来用。

文家有十几个仆人。情况紧急，芳兰不得不临时负责组织仆人们，分配任务。在这样的情况下，一个十七八岁的小姑娘能头脑清醒，处理问题有条有理，实在令人钦佩。然而让策太郎通知文夫人一事却有些不妥当，本应找一个仆人去做才是。

策太郎没多想，赶快跑去了正房。

他第一次来北京时就是文家的常客，因此和文保泰的夫人很熟。这次来北京，虽然几乎都是在悠悠馆里见文保泰，但文家正房也是去过的。事后，策太郎倒是对芳兰让自己通知文夫人有些不满，可当时也没时间想那么多，毕竟没料到文保泰就那样死了。

跑到正房后，文保泰夫人的侍女正站在屋檐下。

“赶快通知夫人，你家老爷在悠悠馆受伤了。”

这位侍女虽年约三十，突然听到策太郎的话，还是有些沉不住气，像孩子一样惊叫起来：“真的？哎呀！”她立刻跑进屋子里。

夫人的屋子里，一张挂着的薄绸子将其隔成了两半，外面的是休息室，里面是卧房。隔音效果不好，里面的交谈听得一清二楚。

“太太，老爷受伤了！是重伤！怎么办呀？土井先生过来通知的，他在外面等着呢！”侍女太惊慌了，连说话的声音都变了。其实，策太郎并未说“受重伤”，估计是侍女看他的表情猜到的。

“别慌！冷静。”文夫人责备着侍女，声音极其沉着，大概是想显示做太太的威风吧！可是，未免也太过冷静了。

说话间，夫人就来到走廊。她一副若无其事的样子，慢条斯理地问策太郎：“听说老爷受伤了，伤势怎么样啊？”

“这倒不清楚，我们只是从窗帘缝里看到他受伤了，但看不太清楚。门是内扣的，进不去，所以大家现在要把门砸开。”策太郎不安地说。

“嗯？砸门有点儿过了吧？”文夫人听后说道。

“怎么？”

“别把门给砸坏了。”

“不过……”

策太郎觉得夫人应该是还没了解到事情的严重性，估计她以为文保泰只不过是扭了一下脚脖，或是腿部蹭破了一点儿皮而已。

“我从窗帘缝里看见文先生流血了。”

“血？真的吗？”

说也奇怪，仆人那么惊慌，夫人却十分沉着。对于报告消息的人来说，家眷没有慌得手足无措，倒也好一些。可策太郎总觉得，文夫人的态度有些奇怪。

等回到悠悠馆，大门已被砸开了。

悠悠馆大门不太牢固，文夫人走得又很慢，这段时间足以砸开门了。文夫人慢腾腾地走，策太郎跟在她身后，心里十分着急，又不能抢先。虽然女人一般都走得慢，可听到自己丈夫受伤了，还不应该快点儿赶去吗？策太郎很是不解。不过文夫人是满族人，虽然不用缠足，但穿着木头高跟莲花盆底鞋，确实也走不快。

文夫人梳着满族妇女特有的“两把头”，就是将头发从头顶向两边分开来，呈鸟羽状。梳这种发型，一般人的发量都不够，需要加假发。为了保持形状，还要在里面放些有分量的东西，走起路来还得注意保持身体平衡。

门砸开后，芳兰拼命阻止在门口的仆人们进入悠悠馆：“不要进去，大家安静地等大夫来。”

等到文夫人和策太郎来到，人们纷纷让路，仆人们就留在门外。

那须和老刘已进到馆内。那须蹲在文保泰身旁，老刘则呆呆地站在一边。

“怎么样？”策太郎悄悄地问。

那须缓缓地站起来说："医生来了也没用了。"

"这么说……"

"已经没有脉搏了，瞳孔也……"

"心肌梗死还是脑溢血？"

"都不是。"那须摇摇头说，"这是谋杀，凶手的作案手段十分高超。"

"真的吗？"

"你看看文保泰的左肩下面。"那须说。

文保泰的尸体一直未被挪动，那须守在旁边，打算一直等到医生来。

策太郎往文保泰左肩看去，果然不错，下面有一把刀闪闪发亮。刀尖部分最多一厘米，其实更像是一根粗针，插在文保泰的肩胛骨上，不知刺了多深。看起来，整把刀总体长不过五六厘米。

"这刀看上去就像是小孩的玩具。"

策太郎不由得联想起来：当前，日、俄两国关系紧张，日本国内也掀起了战争热，连点心铺子都开始卖起枪和佩刀等儿童玩具。文保泰肩上的这把刀就跟有些玩具佩刀似的。

不过，能杀人的当然不是玩具，而是凶器。

石碑之上，满是鲜血。

"用这种刀杀人，就必须像拿着筷子那样，捏着插进去才行啊！"策太郎搔着脑袋思索着。

这把刀样子很不一般，圆形的刀柄部分只有两三厘米长，当然，没有刀刃，顶端就像铁钉，有个略微宽平的“钉子头”。

“这刀的样子真奇特！”策太郎自言自语地说。

那须生气地说道：“别说那些没用的了，赶紧想想凶手是怎么进来的吧。”他们说着日语，文夫人也听不懂。

文夫人看到仆人们都拥在悠悠馆门前，心中有些不安，但还是面带微笑。直到走到丈夫身旁，看见那把闪闪发亮的刀和石碑上的一摊鲜血时，她才惊呼道：“哎呀！”在此之前的沉着冷静突然转换成了惊慌失措，越发让人觉得奇怪。

那须急忙抓住她的衣袖。

“老爷，老爷……”文夫人，当场昏倒了。

“糟糕！她昏过去了，就不应该把她带来。”那须责备说。

“可之前文夫人特别冷静啊。”策太郎解释说。

“老刘！”那须叫身旁那位身材魁梧的男人，“赶快让芳兰和仆人把太太扶到哪儿躺下来。”

“是！”老刘慢吞吞地走出悠悠馆。

人们把不省人事的文夫人暂时安置在日本席上。她一只手伸直着，一只手抓着丈夫的脚。又过了一会儿，芳兰和两个女仆把她背了出去。

“真奇怪！”那须一边环视馆内一边说。

“太不可思议了，这怎么可能发生？”策太郎说罢，也看了看四周。

和那须不同，策太郎来过悠悠馆多次，知道一旦大门一关，这屋子就成了密室。

“咱们离开时，的确是听到后面有扣门闩的声音吧？”那须问道。

“是呀，我也听到了。他已经习惯了，只要独自在屋，一定要把门扣上。”

“这习惯够奇怪的，不过暂时不用管它。咱们仔细回忆一下，咱俩，不，还有芳兰，我们三个人离开他的房间，走到后门，不过一分钟左右。当咱们再转回去，总共也就两分钟。然后，芳兰去敲门，她跑着去，估计只用了半分钟。不，二三十米长的路，怕是半分钟都用不上。那么也就是说，文保泰应该是在我们离开后的三分钟以内被杀死的。”

“可离开时，文保泰还很精神呢，怎么会发生这种事？”

策太郎和文保泰到底还是有交情的，即便文保泰敲诈了他们五万块钱，他非常生气，可文保泰教过他取拓本，毕竟也算是自己的老师啊。

策太郎思索片刻，蹲下身子，向文保泰的尸体合掌拜了一拜。

“土井君，文保泰把钱放到哪儿了呢？”

“嗯，那个……”

策太郎正想指向椅子旁边的地板，一转头，突然呆住了。

他明明看到文保泰把一捆捆钞票都放到了地上。可现在，全不见了。

“我也看到他把钱放到地上了，他还收拾了桌子。”那须一边说，一边盯着天花板。

“我知道钱还在这儿，砸开门后，除了老刘，别人都没让进来。这屋子没有书架和柜子，一目了然，可这钱愣是没影了。二十五万日元呢，应该挺显眼的，可就是找不到了，真是奇怪了。”

策太郎脑子里也是一片混乱，怎么都解不开这个谜。“一点儿头绪都没有。”策太郎说。

“是啊，他妈的，连我都不明白这到底是怎么回事。”那须的话虽然糙，但策太郎也不得不点头称是。

如果说策太郎整个人都慌了，不足为奇，可那须毕竟受过谍报训练，不管遇到什么情况他都应该能冷静地对待。可现在，那须也觉得棘手了。

没过一会儿，芳兰请来了一位戴着金丝眼镜的医生。

“接下来只能拜托医生了，咱们走吧！”那须催策太郎快走。

于是，他们二人走出了悠悠馆。

“报警不行吗？”策太郎问那须。

“北京有警察吗？”那须摇摇头说。

以前，步军统领[1]负责京城的治安，市井琐事则由各坊处理，北京城共分成十个坊。后来，清政府效仿现代化军队，不光用现代化设备武装警察，还派人出使外国考察警察制度。

[1] 步军统领：官名。清代提督九门巡捕五营步军统领的简称。掌管京师正阳、崇文、宣武、安定、德胜、东直、西直、朝阳、阜成九门内外的守卫巡逻等职，由亲信的满族大臣兼任，通称为九门提督。辛亥革命后仍沿设，1924 年其职权归入京师警察厅。

义和团事件发生时，北京正处于混乱状态。三年后，北京好不容易才逐渐安定下来。但新设置的工巡总局到底能起多大作用，还有待考验。

那须因为做过谍报工作，总觉得自己比警察更厉害。所以策太郎问及此事时，他直摇头，心想："连我都无能为力，更何况那些愚蠢的家伙呢。"

走出悠悠馆，他们在井边的陶瓷凳子上坐了下来。

水井上搭着遮雨的篷子，旁边是一个小房子，存放着水泵和水槽。看到这套设备，那须想到了另外一个人，"那桐家里也有这样的设备。"

那桐——清朝数一数二的显贵之人——在那须住的金鱼胡同修建了一座规模宏大的房子，还安装了家用简易自来水管。当时，这种设备在北京城还十分罕见。

"这口井的水是通向悠悠馆的。"策太郎自言自语地说。

突然，一个想法闪现在他脑海里。之前，他一直认为悠悠馆是个密室，但现在看来，悠悠馆和外部还是有联系的。

"不过，这要怎么联系上呢？简易自来水管确实有一部分被引进了悠悠馆，可那只不过是金属管，安装的时候周围还用水泥固定了。"策太郎想来想去，觉得自己的猜测肯定错了，于是，忍不住责备起自己："今天怎么了？怎么这么笨！"

"这管子这么细，不可能是通过水管……"策太郎嘟嘟囔囔的声音被那须听到了。

真不愧是那须，听到策太郎的嘟囔，就大致猜到了他在想什么。那须微笑着说："家里如果要安装水管、烟囱或是排水孔，都得在墙上凿洞。悠悠馆既然用上了自来水管，自然也有供水口。其实，真正意义上的密室是不存在的。"

那须说到这儿，抬头看了看悠悠馆。然后一歪脑袋说道："这儿似乎没有烟囱。"

"悠悠馆只是用来取拓本，又不用生火、烧水和做饭。"策太郎解释说。

"可北京冬天那么冷啊，那里好像连个炕都没有。"

"听说，冬天一到，文保泰就不工作了。现在马上就要过冬了，估计再过一段时间，悠悠馆就要上锁，等来春才会重新打开。"

"是吗？他也不以此为生，这样倒是合情理。咱们坐在这儿都觉得有点儿冷了，没有烟囱应该就是因为不用火吧。"那须说。

如果把悠悠馆当作密室，它的严密性确实很高。唯一与外部相通的地方是排水口，而排水用的水管又是特别细的铅管，在外面管子只连水槽或水井，在屋里，管子伸出的部分不过五厘米，管口之下，就是水沟。

"管子这么细，连婴儿的手都伸不进去嘛。"策太郎自言自语道。

"嗯？你说排水口吗？"

那须立刻懂了策太郎的意思："你这想法可行性不大。要是你是警察，你会从哪里调查呢？"

"嗯，我想想……"

策太郎像做考题似的，聚精会神地思考着。他想，悠悠馆的四个窗户都是由里面关上的。当初他一进悠悠馆，就发现了这一特点。如果悠悠馆是封闭的，那谁都进不去，非要进，也只能像刚才那样破门而入。这样的话，要将刀刺到文保泰肩上，就只能从外面投进去。可无论凶手多么厉害，也不可能穿越墙壁投进凶器啊。

不从窗外投，会不会是从天窗投进去的呢？一番思考后，策太郎回答说："应该从天窗那里开始调查。"

"嗯，我也是这么想的。"那须赞赏地说，"也许有人躲在屋顶上，等客人走后就卸下天窗，把刀投了下去。当然，这只不过是一种假设，还是有问题。"

"什么问题？"

"时间，这需要在极短的时间内立刻卸下天窗。而且，那把刀是从文保泰的身体正面直接刺进了肩胛骨，这样的话，凶手就必须跟死者保持平行，文保泰可是坐着被杀的，所以从天窗投下凶器这个想法还需要再斟酌。"

"是啊，您分析得很有道理。"策太郎想，自己到底是外行，那须果然更厉害。在现场，他也观察了被害者的伤口，可他完全没有注意到角度问题。虽然他的视力好，但并不能代表分析问题很厉害。

"不过，你也别泄气。"那须安慰说，"咱们说的虽然都是假设，但也不是完全没有可能。"

"您是指从天窗向屋里投凶器吗？"

"是的。这一推断要想成立，文保泰的姿势就得是四脚朝天躺着睡。这也不是不可能嘛，也许咱们交易完了，他觉得可以松一口气了，就躺下来休息，不知不觉中，身体摆成了‘大’字。”

“对啊，完全有可能。何况三张日本席连起来也够宽了，不过……”

策太郎在脑中描绘着，文保泰大剌剌地在日本席上躺成了“大”字形。搁到平常，真是难以想象。策太郎没有看过文保泰睡觉的姿势，如果他像抽鸦片那样侧身而卧，有一个肩膀朝下，那从天窗投下的刀，不就只能是斜刺了吗？

“你说的‘不过’是指什么？”那须问道。

“我只是觉得，文保泰不会睡成‘大’字形。”

“你确定？”

“唉，我只是凭直觉，那种姿势似乎不适合他，就只是感觉而已。”

“嗯，上去看看就知道了。等警察来了，咱们先让他们到房顶调查一下。不过，也许还有别的可能。说不定文保泰本来仰天而卧，肩膀被刺后立刻又爬了起来，当他扶着石碑时，他正好失血过多……”

那须正说着，背后传来了清脆的声音：“土井先生！”

回头一看，原来是芳兰，她正站在悠悠馆门前，挥着一只手招呼他们。

策太郎站了起来。

“大夫说有话对您讲，请您来一下。”芳兰说。

“好，我马上过去。”于是，策太郎向悠悠馆走去，那须也紧随其后。

到了悠悠馆，医生就在门边等着。一见策太郎，他就小心翼翼地取下了金丝眼镜。

“想拜托您一件事，您到外国医院去请位大夫来，行吗？”医生说。

“嗯？”策太郎有些惊讶。他惊讶，倒不是因为让他去请外国医生，而是因为这位医生能讲一口流利的日语。

“哎呀，这个……”医生苦笑着说，“我原来在东京留过学。说来好笑，那时我总把长辫子盘起来塞进学生帽里，头上总像是撑了顶小帐篷……不过，那都是过去的事了。我用日语和您说话，是不想让旁人听懂，这样能方便点儿。”

“为什么要到外国医院请大夫？”

“有些事必须调查清楚，这儿的主人不是内出血死的，凶器没有刺中要害，伤口也不深。”

“那……”

“我猜，也许是刀上涂了毒药？不过，没调查清楚前，做大夫的也很难下结论，我只是推测罢了。说不定是涂了一种叫‘乌头[1]’的毒药，得化验才行，但我这儿没有设备和材料。您懂了吗？”

策太郎点了点头，在他后面的那须也点了一下头。

---

[1] 乌头：一种有剧毒的植物，过去有人用此制造毒箭，也可药用，制成镇痛剂。

那公馆

那须启吾以前常说，北京的金鱼胡同有两个那公馆。

第一个那公馆是指清朝外务部尚书、外务部会办大臣兼步军统领那桐的府邸。

另一个那公馆，则是指那须的房子。那须启吾名字的第一个字也是“那”字，他就戏谑地称自己的住处为“那公馆”。其实，这个那公馆只是一间极其简陋的租房罢了。

据《顺天府志》等资料记载，很久以前，金鱼胡同也曾叫作金银胡同。这里曾是军事重地，魏骑营和军械库都在这里，直到现在，胡同附近还有地方叫作校尉营。校尉营的东边是陆军将校的办公处，后来变成了北京警卫司令部。

金鱼胡同离紫禁城很近，很多清政府官员就把家安在这里。这条胡同距离外国使馆区——东交民巷也很近，所以有很多外国人进进出出，尤其是日本人。

胡同为东西走向，南北两侧的住房将胡同夹在中间。南侧住宅很多都属于那公馆。那公馆旁边还有座花园，当地居民称之为“那家花园”。

那公馆的主人那桐，字琴轩，叶赫那拉氏——满族中最勇敢善战的家族。别人总夸奖他足智多谋，实际上，他最擅长的是溜须拍马和阿谀奉承。义和团事件后，他负责处理善后问题，从此便飞黄腾达。在此之前，仕途三年，他依旧只是一个没有地位的小官。

八国联军攻打北京时，西太后带着皇帝和一干皇亲贵胄逃去西安。可北京这边仍需要有人和外国人交涉与义和团相关的事宜。当时，除了已被降职为两广总督、贬到广东的李鸿章，没有人能胜任这份工作。毕竟他谈判的经验丰富，有人把他称作“处理战败的专家”，这事非他不可。

但八国联军又提出，除李鸿章外，还应再派一位皇族作为议和的全权代表。

当时，绝大部分皇族都已经逃往西安。正巧，有一个庆郡王在北京近郊避难。于是，清政府便任命他为皇族代表，升格为亲王。在此之前，庆郡王只是个落魄的皇族，没有什么从政的经验。被任命为皇族代表后，他必须起用幕僚，但他不敢贸然接触大人物，于是便选中了在顺天府愁闷度日的那桐。

李鸿章和庆亲王组成议和的全权代表团，李鸿章手下的首席幕僚是山东巡抚袁世凯，庆亲王手下的首席幕僚则是那桐。因此，袁世凯和那桐的关系十分密切。

袁、那两人性格虽迥然不同，但人生经历却有相似之处。他们二人都不是进士出身，而进士本是擢升高级官僚的重要台阶。不过，李鸿章极其赏识袁世凯，庆亲王也将那桐一手提拔起来，是不是进士也就没有那么重要了。

义和团事件过后三年，那桐官运亨通，不断得势。李鸿章病故后，袁世凯也继承了其政治遗产，晋升为直隶总督。当时，袁不过四十多岁，其飞黄腾达之迅速，令人称奇。

那桐得势后，他鹅蛋型的脸就不断地变圆，露出一副福相。走路时大腹便便，俨然是不可一世的大人物。

文保泰突然死去的那一天，那桐刚从外务部回到家里，秘书就立刻报告了此事。那桐兼任步军统领，秘书向他汇报文保泰之死，可能也不仅仅是因为私人关系。

“真怪呀，悠悠馆平时不是关得很严吗？看来，可能是内部人做的。难道那家伙是自杀的？”那桐说。

“不会的，最后和他见过面的日本人说，文保泰心情很好，还说马上要取拓本，正兴致勃勃地做准备呢，无论如何也不会自杀啊！”秘书将自己听到的消息如实汇报。

“是啊，只要有人请他取拓本，他都很高兴的。”那桐虽这么说，实际上他知道文保泰之所以高兴，是因为拿到了巨额的贿赂。再说，文保泰绝不会自杀，对这一点，那桐比任何人都清楚。

他想：“文保泰白白捞了五万块钱，怎么会不高兴呢？”其实，文保泰在一开始做掮客，就向那桐提出了佣金的事。

当时，那桐对他说："那你可以向日本那边提嘛。"结果，他真和日本方面讲价钱了，直到讲定给他五万元佣金。这种人怎么会想死呢？

"那两个日本人说，屋顶很可疑，希望从屋顶开始调查。"秘书说。

"屋顶怎么了？"

"屋顶上有天窗。他们怀疑，凶手有可能从天窗爬到屋里，又或是从天窗那儿投下凶器杀了文保泰。"

"调查结果怎么说？"

"天窗还是老样子。那上面有一层厚厚的像油灰那样的黏性材料，很结实，根本拆不掉。而且玻璃一点儿也没破。"

"那……那不是更奇怪了？"

"嗯，怎么想也想不通，像变戏法似的。"

"人都死了，怎么能说是变戏法呢？无论如何，文保泰和咱们也是相识一场啊！"那桐的脸上并没有什么悲伤的表情。

"是，我用词不当，真对不起。请您原谅。"秘书毕恭毕敬地行了个礼。

"算了，你退下吧！"那桐有些不耐烦了，示意他走开。

"嗯？……是，是……"秘书十分意外，他本以为那桐肯定会再三询问文保泰之死。不料，那桐却是这样的态度。

退出去时，秘书困惑不解地频频回头看那桐，见没反应，就扫兴地走了。

实际上，那桐不是不关心。他也迫切地想了解事情的真相，但是此事有另外的人专门来汇报。

他沉思道："两个日本人走之后，文保泰才死，这说明二十万块钱已经交给他了，不，应该是二十五万。不知道钱怎么样了？"那桐一心只盘算钱的事。

"芳兰应该会来向我报告吧？为什么这么慢？不会是被警察盘问了吧？要是这样，我是不是得下个命令……"只要颁布的命令盖上步军统领大印，一切都要按那桐的意思去办了。这就是权力的妙处。

那桐这种人，并不是一开始就有权有势。没有权势的人，往往把权力想得特别美好，都幻想着有朝一日，有了权力，先要耍耍威风。然而那桐并未这样做，相反，他打消了这个念头。

"行贿的钱，来路不正。交钱的日本人无论如何也不会将行贿之事说出来，钱既然已经交出去了，他们也只能保持沉默。这么一来，二十五万块钱不就全归文保泰所有了吗？当然，想拿回来也不是没有办法。"

"现在我就通知芳兰，让她立刻前来。如果钱的事到了明处，我和文保泰的关系也就暴露了。"那桐一边忖度，一边做了周密、细致的设想。

那桐做事一向是明哲保身、小心谨慎，因此才能平步青云。可惜的是，清朝天命将尽，从此时算起不到九年就寿终正寝了。当时，就有一些人预言说，他这么擅长"游泳术"的人当上军机大臣，清朝的寿命看来也不长了。

那桐刚想通知芳兰速来，立刻又迟疑：“不，还是再等等吧。”他如此谨慎，对芳兰也一样，他抑制住自己急切的心情。

大约过了一小时，秘书又来汇报：“据说，文保泰之死与被窃无关。文保泰那里没有丢什么。凡是值钱的东西，文保泰一向都不放在家里，书画古董就更不用说了。他平时只会留极少一点儿钱备用，但就是这么一点儿钱也都还在。”

“是吗？”秘书退下后，那桐露出了不悦的神情。

秘书只知道那桐认识文保泰，并不了解贿赂的事。

“二十五万不是一笔小数目啊！”那桐嘟囔着。

不管怎样，只有等芳兰来了，才能知道详情。

黄昏时分，芳兰终于来了。

芳兰像平时一样从后门进来。

侍女们都知道芳兰的地位特殊。那桐曾提过，芳兰是庆亲王寄养在家里的，这件事已经不是秘密了。只不过她们很好奇芳兰到底是什么人。她们都猜测说，芳兰是庆亲王的爱妾，只不过庆亲王惧内，只能把她藏在那桐家。

那为什么那桐又将芳兰寄养在文保泰家呢？对此，侍女们就不知道了。

芳兰从后门进来后，领班丫环就把她带到了客厅，那桐正在那里等着。

“你怎么来了？这么晚……”那桐佯装生气地说。其实他早就急不可耐了，心想：怎么现在才来？

“让她到里面去？”领班问道。

“嗯，不知道有什么要紧事，咱们来这边吧。”那桐沉着面孔说。

实际上，庆亲王将芳兰寄养在那桐家，是要她当联络员。但当时，那桐身份和地位已经很高了，为了避嫌，就让文保泰担任联络员，把芳兰寄养在文保泰家中。

芳兰受到重用，完全是因为庆亲王的宠爱。她一副圆圆的面孔，脸蛋娇嫩，非常可爱。别人都以为她最多不过十七八岁，实际上她都二十二岁了。长得好，还显小，这就是她的优势所在。一般人都不会怀疑她。

至于庆亲王如何发现了她，那桐也不知道。不过，庆亲王曾说过，芳兰也是别人寄养在他家中的。

然而，不知为何，庆亲王的长子振贝子却不喜欢芳兰。

清朝凡是亲王之子，都称为“贝子”或是“贝勒”。振贝子本名载振。按照清朝的规矩，凡皇室子弟取名，同一代的第一个字要一样。例如，慈禧的丈夫——咸丰皇帝那一代都用“奕”字，下一代用“载”字，再下一代用“溥”字。庆亲王名奕助，他儿子的名字就一定要加个“载”字，因此叫“载振”。不过，习惯上只称呼后一个字，即振贝子。

振贝子年纪尚轻，长得眉清目秀、锐气十足，很受女人们的欢迎。

他为什么讨厌芳兰呢？有一次庆亲王问他，他说：“还不是因为她是汉人？”由此可见，振贝子的“满族至上”思想多么严重。

也许是他竭力反对让芳兰当联络员。庆亲王虽赏识她的才能，无奈也只能将其寄养在那桐家。

芳兰一走进客厅，那桐立即问道："钱怎么样了？今天肯定收到了二十万，不，加上给文保泰的五万，总共应该有二十五万。"那桐很直接，他觉得既然彼此都了解内情，就不必再拐弯抹角。

"钱一直没找到。我亲眼看见文老爷把那些钞票从桌子上拿到了地上，可砸门进去后，所有钱都不见了。"芳兰说。

"什么？"

"是，是真的。当时我以为我看错了，可真的是消失了，找不到了，千真万确。我把悠悠馆都翻遍了。"

"那些砸门的人呢？也许有人趁乱浑水摸鱼呢？"

"不可能，我把他们拦住了。他们是很想进去，可我想着房子里还有那么多钱，就直接拦住他们。"

"那只有你一个人进去了？"

"不，还有两个日本人。我和一个叫那须的男人一起进去的，他就住在附近。"

"那会不会是你拦人时，他趁机拿了钱？"

"我想不会的。"芳兰摇了摇头，"虽说是英镑，可到底是二十五万块钱啊，就算抱，一次也抱不完。"

"是吗？"那桐不停地眨着眼睛。他眼睛本来就小，脸一胖，眼睛就更显小了。

"说不定是这丫头……"那桐此刻怀疑起了芳兰。要是她与日本人合伙，不就轻而易举地把钱拿走了吗？真是这样的话，那他们必定早有预谋。

文家的仆人把门砸破，芳兰不许他们进去，只能挤在门口。悠悠馆里没有屏风、隔扇这类隔断的东西，一眼就能望到头。在门口无数双好奇的眼睛注视下，偷偷拿走二十五万块钱，似乎不可能。

可文保泰到底是怎么死的呢？

芳兰把当时的情况从头到尾说了一遍，她比秘书讲得详细，那桐有些头绪了，可文保泰死亡之谜到底还是没能解开。

怀疑给自己当探子的芳兰，确实不合适。不过，那桐这样的人，除了自己谁都不会信任。即便是提携他到今日之位的庆亲王，他也不信任，更何况是庆亲王寄养来的芳兰呢？说到底，任用芳兰，只是受庆亲王之托，无法推辞罢了。

那桐过去是户部主事时，没什么地位。可今时不同往日，他如今已尊为朝廷大臣，很多事都无须亲自过问，尤其是钱财之事。但收受贿赂又必须有个可信赖的见证人。芳兰毕竟是庆亲王的人，似乎除她以外都不大合适，他不得已才选用了芳兰。

那桐虽不太相信芳兰，但绝不会让她察觉，这就是那桐的手腕，也是他一路高升的原因之一。他俩交谈时，那桐总是尽量避免接触芳兰的视线。每次与芳兰对视，他都不自觉地被吸引过去。

芳兰汇报时，那桐就像看戏似的审视着她。他心中暗自思忖："芳兰的口才非同一般，自己今后要多加小心。"

"真奇怪，生平第一次碰见这种事。"芳兰汇报完毕，用这样一句话做了小结。

“你今年多大了？”那桐突然问道。

“嗯？唉，已经二十二了。”

“别说你没见过，我活了五十年也没听说过，待在那么严密的屋子里，还能被杀了。”

其实，那桐一边听芳兰汇报，一边试图找出她话中的漏洞。可直到她说完，也没发现任何破绽。那桐反而对她更加警惕了。

想到昨天，芳兰和文保泰顺利地送来一百万元，文保泰当时绷着脸，太阳穴一跳一跳的，可芳兰和平时一样坦然自若。在百万巨款面前处之泰然，那桐越想越觉得她难以捉摸。

“哎，这算什么事啊！”芳兰离开后，那桐嘟嘟囔囔道。

芳兰走后，庆亲王的使者来了。

“嗯？您来了，有何贵干？”那桐一如既往地恭维着。

使者摇摇头，说：“没什么特别的事，我只是来告诉您，俄国公使要来拜访您。”

政　客

紫禁城两侧有两个著名的胡同：东交民巷和西交民巷。清朝时，衙门几乎都设在这两条巷子中。其中，东交民巷后来成了外国使馆区，也叫治外法权区。六部本设在此处，但义和团事件后，清政府迫于列强的压力，无奈把兵部和工部迁出。外务部不在使馆区内，也就免去了搬迁之劳。

咸丰十一年（1861 年）“总理各国事务衙门”才成立，专门管理外交事务。设在东堂子胡同，房子直接沿用了原来的“铁钱局公所”（即制造局）。

新成立的机构还有同文馆，是清政府为了培养外语人才以及供归国的外交官们居住的教育机构。为此，还特意改建了“铁钱鑪房”（即货币铸造所）。

后来，同文馆被撤销了，总理各国事务衙门也改为外务部。民国成立后，外交部迁至邻近的石大人胡同，位于原“宝源局”内。

但这都是后话了。

光绪二十九年时，外务部还在东堂子胡同的那所又老又旧的房子里。外务部总理大臣兼军机大臣的庆亲王事务繁多，不可能每天到外务部办公。但外务部会办大臣兼尚书的那桐却几乎每天都去视事。

那天，庆亲王又没来部里，那桐正昏昏沉沉地睡着，突然，俄国公使莱萨前来拜访。

俄国公使馆也在东交民巷中。中、俄两国就划分国境线和通商问题，已接触了多年，各国使馆未设立之前，就已有“俄罗斯馆”常驻北京。之后，俄国直接将该馆改为了公使馆。

显然，莱萨来访就是为了敦促清政府赶快批准撤兵协定。

仔细想想，这事颇为微妙。

一般情况下，都是被出兵的国家敦促出兵的国家迅速撤兵，但如今事情却反了，俄国反而催起清政府早日批准撤兵协定。当然，这都是为了对付日本。

俄国好不容易才占领了东北三省，自然是不想退兵。可为了不让日本有借口挑起战争，也为了争取时间做战前准备，俄国便先发制人，希望重新签署一份撤兵协定。过去不曾履行撤兵协定，将来也未必会，一切都只是外交手段罢了。

其实，清政府也明白俄国的心思，因此没有认真对待此事。日本为了阻止批准协定，才花了大价钱收买那桐和庆亲王。俄国人不知道收买一事，他们只收到情报说，西太后确实患了感冒。昨天，俄国人却产生了疑心。他们觉得庆亲王是有意回避会见莱萨公使。

昨夜，莱萨公使派人到庆亲王府上联系拜访一事。可出乎意料，下人却说庆亲王正准备外出，无暇接待。虽然这样的情况也很正常，使者却因此怀疑起来。其实，俄国人在庆亲王身边也布置了谍报网。他们用小恩小惠收买王府里的仆人，表面上是为了了解王府的生活动态和家中喜丧大事，以便前去祝贺，实际上是把仆人们当作线人。

“为什么要避开我呢？”莱萨公使自然而然地联想到撤兵协定延迟批准一事。

庆亲王不善于说谎，喜怒哀乐都表现在脸上，他也不愿意掩饰自己的感情。在政治上，这绝对是弱点，庆亲王自己也知道，有自知之明便是他比其他皇家子弟强的地方。他明白，如果自己会见莱萨公使，极有可能会露出破绽，因此借口公务缠身，让那桐代为接见更好。这样的事情，那桐擅长。每次他一眯缝起小眼睛，别人就猜不到他在想什么了。

“据说是字句问题，有几处用法不当，被军机处卡住了。”那桐厚着脸皮，回答了莱萨公使的问题。

莱萨通过翻译进一步询问。

“我也是听说的。一涉及军机处，我们也搞不清楚，只是间接听到了一点儿消息。”

西太后垂帘听政，凡是重要的决策都要在皇帝垂询下，由几名军机大臣商量决定。外务部和其他六部一样，都是行政机构，只是按照军机处的决定办事。

军机处是军机大臣平时聚会的场所。每天早晨，军机大臣要在乾清宫议事和休息。军机处实际上是个休息室，并不是正式的衙门。

那桐随机应变，将责任推到有名无实的军机处。莱萨公使气得面红耳赤。但不管怎么问，那桐始终不给正面回应，莱萨最后愤然离去。

不一会儿，庆亲王的使者陶大均来访。

“王爷（指庆亲王）说今天晚上开会的地点照旧，还在烧酒胡同。天津方面也有人来。听说有人为了那件事（指丢失二十五万元一事）还带了警察来呢。”陶大均悄悄地说。

昨夜，庆亲王避开俄国公使莱萨后，就召集有关人员开会，研究二十五万元丢失一事。陶大均正是为了通知此事而来。

“那个……那个警察是谁啊？”那桐问道。

“我不大清楚。听说是一个曾在日本和英国留过学、学过破案的人，叫张绍光。”陶大均回答说。

“哦，庆宽那样的人！”那桐点了点头。

庆宽是紫禁城内专门从事密探工作的头目，他不只会搜集情报，还会暗杀人，神秘莫测。西太后和别的权贵们都曾找庆宽调查和暗杀过自己的政敌。因此，那桐一听来了个侦探，立马想到了庆宽。

“应该就是那类人吧。”陶大均说。

“为什么找他来呢？”那桐问道。

庆宽这样的人属于谋士，虽有特殊的权力，但只能暗中行事。那桐非常重视体面，认为侦探属于卑贱的下等人，不够资格与士大夫同席。

“哎呀，”陶大均一歪脑袋说，“我也不知道。王爷不知从哪儿听说了这个张某，对他特别感兴趣呢。”

“能有什么了不起的？也不过就是猜猜谜嘛。要是这种身份来历不明的人都能……”那桐耸耸肩说。

不管怎么说，今晚的秘密会议不该随便让人参加。那桐属于一步登天的人，富贵来之不易，因此才会非常在意与会者的资格问题。

“听说振贝子好像给那人做了保……”

“是吗？少爷是保证人啊。”那桐两手一摊，表示无可奈何。他知道，只要是大公子振贝子说的话，庆亲王总会言听计从。

“这事，好像天津来的人也赞成。”

“哦，你说项城啊……”说到此处，那桐缄口不言了。

“天津来的人”指的是袁世凯。直隶总督的衙门在天津，外国人一般称他为天津总督。“项城”则是袁世凯的别号，因为那是他的出生地，以出生地做别号，是中国人的习惯。

当时在日本，当官的都希望到中央政府任职。从中央转至地方叫左迁，由地方到中央叫荣升。清朝自然也是如此。人们将中央的官吏称作“京官”，相比地方官，京官的地位更高。

但太平天国之后，就不一样了。为了镇压太平军，地方官员们纷纷培养和扩大了自己的军队，他们有了军权，讲话就更有分量，就像曾国藩有湘军，他的部下李鸿章则有淮军。到了清末，京官和地方官的实力已经颠倒过来了。直隶总督就是管辖了包括北京在内的直隶省（今河北省）、山东和山西的地方官。当时能与之匹敌的，只有掌管富饶之地江苏、安徽和江西三省的两江总督。

袁世凯身为直隶总督，也是北洋新军的缔造者，拥有全国最精锐的军队。他是此次与日本方面交涉的重要人物之一。袁世凯常因公赴京，但这次却是应庆亲王之邀来参加这次秘密会议。

参加会议的全是清朝政府的高官权臣，可一想到有一个当侦探的张某，那桐心中就很不痛快。“让那个来历不明的张某……”说到此处，他咂咂嘴，把话停了下来。

“不过张某会立即退席的啊。”陶大均劝解道，“文保泰死得那么惨，不把这件案子查清楚，各位老爷都不会安心的。”

“那个姓张的，有没有说这件案子是怎么回事呢？”

“这点我倒不清楚，今晚他来好像就是要汇报调查结果。还有，万一今晚开会之事被泄露出去，我们就对外说，是文先生的朋友们为了弄清他的死因而开会。”

“嗬！连防止泄密的事都考虑到了，想得真周到……”那桐终于笑了起来。

那桐心想，只要姓张的立即退席，不参加讨论，倒也无妨。庆亲王这么做，也是为了以防万一，将来也好有借口说只是为了研究案子，这也算是一种策略吧。想到这里，那桐就渐渐安心了。

会议在晚饭后召开。

那桐回到金鱼胡同，吃罢晚饭，准备稍事休息，再去开会。这时，侍女领班拿来了一封信。

“老爷，这是刚才芳兰托人送来的。她说见不到您也没关系，要说的事情都写在信上了。”

那桐拆开了信。信上的字写得很小，可看上去却像是男子的笔迹。

信上写道：

昨夜，文家的男仆老刘不知被谁打死在院子里。终年四十一岁。

那桐将信揉成一团，扔进火炉。

那桐做事极其谨镇，对来往信件一概不保存，阅后立即处理。芳兰信里写的老刘的事，虽然没什么大问题，但在他看来，白纸黑字留在身边总不妥当。这就是那桐，事无巨细，都以小心谨慎为上。

他想：老刘是谁呢？他常到文家，文家的男仆都是四十岁左右；他从未听说过谁是老刘，也不认识这个人。

老刘的死本与那桐无关。可他想来想去，脸上露出了平时少有的忧郁表情。

“万一，万一有个三长两短……”

万一老刘之死和文保泰之死有关，那么自然牵连那桐。芳兰信中既然说“不知被谁打死了”，就是说凶手是谁至今还是个谜。

“怎么怪事都出在文家呢？”那桐自言自语地说。

那桐按时间去了烧酒胡同，那里面临北小街，在弓箭营之南。烧酒胡同既是他们的俱乐部，又是他们聚赌密谈之地。出入口和院子很多，但都是独门独院。

策太郎也租住在这里的民房中，当然，他肯定不知道这些大官们今晚要在这里开会。

从外面看来，他们密谈之地与一般的民房并无两样。院内柳枝低垂，有些伸出了墙，随风摇曳，分外妖娆。那桐来到门口，顺手拽了一根杨柳枝，左右看了一下，就推门进去了。

两个负责接待的女仆正在门口候着。

“大家都来了吗？”那桐问道。

“差不多都来了，只有王爷还没到，估计也快了。”其中一个女仆回答说。

那桐满意地点了点头。今晚的会议，除了庆亲王，别人都在自己之下，要是有人比自己晚到，那是绝对不容许的——这完全是“权力暴发户”的虚荣心。

大人物们

张绍光长得白白净净，双眸明亮，有一种说不出的迷人之处。从小时候起，他就非常惹人喜欢，如今二十八岁了，还是一样引人注目，可以说是人缘好吧。他外表俊朗大气，外人看不出，其实他一直有心病在。

过去张绍光家还比较殷实，因而能供他先后到英国、日本等国家留学。不料，张父性格太过执拗，因为无法和本地官员搞好关系，被扣上“诽谤当今圣上”的罪名，关进了监狱。张母为了不让儿子担心，一直未将此事告诉在外留学的张绍光。她为了营救丈夫，四处奔走，转卖田地，花了不少钱，才将张父救出。但张家的家境也随之衰落。张父在狱中受尽折磨，回家后就患了重病，卧床不起，不久便与世长辞了。

张绍光对此一无所知，他本来怀着美好的憧憬，期待着与家人久别重逢，可一踏上故土，就看到了破败的家和重病的老父，一时刺激较大，心里就这样坐下了病。

他常想，父亲太过“顽固”，是这个家败落的主要原因。可顽固，似乎也没有可指摘的地方，毕竟父亲只是忠于自己的信念，不阿谀奉承。实际上，这正是他的美德所在。

虽然心中有很多想法，但张绍光丝毫不露声色。埋葬亡父之后，为了养活母亲和妹妹，他来到了北京。

张绍光在国外专攻法律，可在清朝，法律是最不受重视也最无用的学科。清朝末期，不光京官们为所欲为，地方大员们也借助武力横行霸道、贪污受贿。他们用这样的手段管理国家，自然，法律就毫无意义了。因此，如果有人问起张绍光在国外学习的专业，他总回答说：“我是学破案的。”

张绍光口才不出众，但有时兴之所致，也能侃侃而谈。而平时，他总是沉默寡言。这也是他讨人喜欢的原因。

既然专业在国内无用武之地，他只好根据自己的性格另谋出路。

他托关系拜访了一些有权势的人。事情开始时不太顺利，有人甚至一见面就直截了当地说，自己接见他，只不过是看介绍人的情面而已。但交谈起来，就对张绍光逐渐有了好感。于是，便对他说：“有事你就来吧，只要我能办到的，一定尽力而为。”到后来，简直就把他当作亲人了。

为了生活，张绍光必须四处拜访，他实在很厌烦，可又不得不这样做。不过，过了一段时间，他就不再撒大网了，他准备在那些要拜访的权贵之中，选上几个人专门发力。当被引见给振贝子后，他就下定决心说："好，就是他了。"

庆亲王如今是朝廷里最有权势的官员；他的大公子振贝子也是个聪明人，对待下属也还过得去。张绍光心想，目前依靠他还可以勉强混下去。当然，投靠振贝子也有不好的地方，毕竟这位贝子可是出了名的讨厌汉人。

张绍光觉得，振贝子的大满族主义只不过是偏见罢了。

如今在满族里，才华出众之人罕见，这已是事实。从人口比例来说，满族在中国属于少数民族。而且在清王朝统治中国的两百多年中，满族人一直备受优待。他们不用工作就有俸禄，生活无忧，后代自然只会享乐，大多都成了纨绔子弟。满族本是马上的民族，可世袭的骑兵将校不会骑马已不算什么稀罕事了。满族的很多高级将领都只在一年一度的"秋季大检阅"中才穿上军服。

某种意义上，艰苦的环境反而能造就优秀的人才。

这时，满汉之别业已形成。

清朝的乾隆皇帝当政时，曾屡发圣旨告诫满族子弟：

△不许模仿汉族人的穿着。

△勤奋学习满文不得怠惰。

据说颁布上述圣谕，是因为入关后，满族子弟纷纷穿起优雅宽敞的汉服，渐渐摒弃了本民族半游牧风格的服装；另外，能说满语者也越来越少。事实上，满族已被汉族同化了。朝廷出于"满族至上"

的观念，希望能借圣令改变上述的现象。

振贝子虽然讨厌汉人，但张绍光才华出众、颇有魄力，倒令振贝子有些欣赏。振贝子曾想让张绍光做自己的幕僚，但被婉言谢绝。张绍光说："我现在这样就很好，比较自由，也方便我多学习一些知识。"

振贝子因此更加赏识他了。"他没什么野心，虽然是汉人，但却是一个罕见的人才。"振贝子在庆亲王面前对张绍光大加赞赏。

张绍光并不在意是否能立刻升官发财，他敏锐地感觉到，时代正在改变，不必急于求得一官半职。

他经常开玩笑说自己在国外学破案，但没想到振贝子信以为真，还向主管警察的官员们介绍，说他是破案的权威人士，甚至说："各位如果有什么疑难案件，可以找张先生帮忙。"

张绍光虽不急于做官，但为了报答振贝子的知遇之恩，他便经常向警察们介绍一些外国破案的事例。其实介绍案例并不费劲儿，他只需要将外国的案例翻译过来再介绍就行，但警察们却都钦佩不已。

文保泰神秘死亡后，张绍光作为"破案专家"，自然要被请去协助办案，还到了现场勘查。这件怪案确实如振贝子所说："一般警察都难以胜任。"

去现场勘查后，振贝子对张绍光说，有一些大官们对这件案子很关心，希望张能将现场调查的情况向他们做一番介绍。于是，张绍光就被带到了烧酒胡同。

进门之后，他被带进一间宽敞的屋子，当时只有他一个人，他立即感到这个地方不同寻常。振贝子让他在此等候，并将今晚参加秘密会议的名单告诉了他：

庆亲王

振贝子

外务部尚书那桐

直隶总督袁世凯

外务部右侍郎唐绍仪

陶大均

一共六名。

“看吧，这可都是当今朝廷里响当当的人物！”振贝子得意扬扬地说。他也是其中一位，心情怎能不好呢。

此前，张绍光只知道他要介绍文保泰一案的调查结果，至于向谁汇报，怎么汇报，他一无所知。得知名单后，他想，也许这六个人先要密谈，然后再听自己汇报吧。

“他们要谈什么呢？”

张绍光自称在国外专攻破案，本来只是想以此自嘲。可接触了北京的警察后，他觉得振贝子的嫌弃很有道理，他们确实都很无能。久而久之，他开始相信自己真的是一个破案能手。他的自信不是毫无根据：在他的协助下，警察确实破获了两三宗案子。

张绍光抱着胳膊想："这个地方可疑，开会的人也奇怪……"

在等待的过程中，他有充分的时间去思考这六个大人物开会的目的，以及把他叫来的原因。

他已经知道，悠悠馆的杀人案件涉及二十五万元丢失之事。去文家调查时，那两个在现场的日本人和侍女芳兰曾将此事告诉了他，并一再叮嘱，不要将此事告诉警察。这就可以推断出，丢失的二十五万元，是一笔不能说的暗钱。

张绍光想："芳兰为什么要瞒着警察，从却又将此事泄露给我呢？"

"也许是因为自己用日语和那须启吾、土井策太郎二人交谈过，她以为我和他们关系密切吧。

"不过，更主要的还是……

"也许是因为我和她曾在庆亲王的王府里见过面，所以她认为我是庆亲王这条线上的人，这才将秘密告诉我。

"而那两个日本人是听了芳兰的介绍后才相信我的。

"所以，最后的结论是，二十五万元与庆亲王有关。"经过初步推断，张绍光得出这么一个结论。

今晚，六个大人物秘密开会，证明丢失的钱不仅与庆亲王有关，同时也涉及这个小集团的利益。本来大家要平分的钱不翼而飞了，这事必须说清楚才行。若只说钱突然丢了，估计谁都不会答应。至于钱到底是怎么丢的，找张绍光来的目的大概就在于此了。

他们必定与文保泰有重要的关系，否则一介平民，怎么能让这些大人物如此感兴趣，急切地想了解真相呢？袁世凯等人是不在乎人命的，他们残酷地杀害了谭嗣同和林旭等一批热血青年。其他人也一样，他们不会为一个死人奔走，平时也不曾听说他们对破案有兴趣。

庆亲王父子和秘书陶大均是一条线，估计那桐也是他们的人。

袁世凯和他的幕僚唐绍仪则是另一派系。唐绍仪，哥伦比亚大学毕业，名义上只是幕僚，实际上却负责着外交事宜。

“这么看来，这二十五万元还涉及外交问题了。”张绍光从出席会议的人物分析起，不断地往更广、更深处想。这笔钱的性质大体上明朗了，暗中授受的钱财，除了是用于贿赂，不会有其他可能。

根据目前的国际形势，可以推断出日本和俄国都在花钱收买清朝官员。既然这笔钱来自日本，俄国这条线索可以暂时不考虑，那就是日本想要阻止中、俄之间达成撤兵协定。拥有外务部实权的是庆亲王和那桐，而袁世凯又强烈主张要重新缔结《中俄撤兵条约》，日本收买的对象当然就是他们两大派系的人了。

“一切都说得通了。”张绍光情不自禁地笑了。

用来分摊的巨款突然丢失了，这一伙人必然要查明真相。同时负责联系和接受这笔钱财的文保泰也死了。而案件发生后立即到现场侦察的是张绍光，自然要找他来介绍情况了。

这时，陶大均过来叫张绍光去汇报情况，振贝子没来。

六个人中，只有袁世凯和唐绍仪，张绍光还没见过。

张绍光走进密谈的房间，只见袁世凯身材矮小、前额突出，眼神略有些呆滞，看上去根本不像是叱咤风云的大人物。

“听说，袁世凯这个人不简单，不能掉以轻心。虽然看上去就是个普通人，但估计是为了降低别人的戒备心装出来的。”张绍光一边看着他，一边思考着。

“文保泰死后，你和工巡总局的警察一起到过现场，你就把你当时看到的情况向在座的各位介绍一下。”振贝子说。

振贝子的头衔是新设的“商部”尚书，算是个年轻的阁僚。他们六人端坐在朱漆椅子上，张绍光却只能站在他们面前，连个座位也没有。

“真是岂有此理，这么对待我。”他内心愤愤不平。

“从哪儿说起好呢？”张绍光问道。他决定要像袁世凯那样装一装傻，心想：最好让你们觉得我傻里傻气的。

“把你看到的全都说出来。”振贝子说。

“是吗？那让我想一想啊……”张绍光装作仔细思考的样子。

这时，那桐觉得坐在椅子上有些不舒服，便晃了晃他那肥胖的身躯，插话道：“介绍情况之前，我想先问你一件事。那里又有一个案子，也许和文保泰之死有关，你知道吗？”

“您是说文家的刘姓男仆被杀的事吧。我听说，他被人打死在一个很隐蔽的角落里。”张绍光回答说。

那桐提这个问题，是想看看张绍光有多了解这个案子。听完回答后，那桐点了点头，像是放心了似的。

那桐还是小官时，他的眼睛就细得像一条线。如今，他身居要职，越来越胖，眼睛就越发显得小了。他非常讲究饮食，饭量也大，估计还会继续胖下去。

根据当时的记载：

——那桐善食，非佳肴不可，每餐必备人参鱼翅，啖之立尽。其庖人月领菜金多达六七百元——

那桐满意的表情就像是刚刚饱餐了一顿美食；张绍光只要一看他，似乎就能听见他吞咽口水的声音。

张绍光简单扼要地介绍了案情。

“我本来不迷信，可这案子太诡异了，真像是撞了邪。”袁世凯边说边眨巴眼睛。

“文保泰不像是会自杀的人。可现在看来，只有自杀才能解释所有现象。”陶大均说。

“不，我想，他绝对不是自杀。”张绍光斩钉截铁地说，“首先，凶器长约八厘米，将近一半戳在他身上，这必须要很大力气才能做到。其次，如果他是自杀，用刀疯狂地往肩膀戳，那他的手指一定会沾满了血，可被害者的双手上没有任何血迹。而且，据说他平时写字、工作，一向习惯用右手。可当时他的右手还拿着纸呢，还是大扇料纸，估计是正准备裁纸呢。他旁边还放着一把剪子，要是自杀，与其用那种不足十厘米的小刀，倒不如用剪子更顺手。所以，我觉得自杀不能成立。现场还有其他证据，就是凶器上涂有剧毒。我想，光是涂毒药也要一段时间吧。”

“这么说来，这案子就破不了了？”庆亲王“啪”地拍了一下椅子的扶手说。

“你肯定是破不了了，我当然能破。”张绍光强忍着没说出这句话，只是略微点了点头。

“可文保泰确实是死了呀！”那桐歪着头说。

“说书的常常提到贼可以从天花板悄悄溜进屋子里！”振贝子说。

“悠悠馆是西式建筑。屋顶平铺着石棉瓦，虽然有些倾斜，但斜度很小。屋顶和天花板之间的空间特别小，人不可能藏到里面去。屋顶上有一个镶着玻璃的天窗，但这个天窗和天花板里层之间，相隔也只有十几厘米，几乎是重叠在一起，所以从天花板溜进屋子里是不可能的。”张绍光从容地回答说。

“武侠小说里不是常常提到秘密机关和洞穴什么的吗？”那桐自言自语地说道。真看不出来，他还爱看武侠小说。

“简易排水口的水管是直径三厘米的铅管，除了排水口以外，再没有别的洞眼了。”

“这不是和工巡总局的报告一样嘛。”庆亲王对袁世凯说，“看来，这个案子是破不了了。”

二十五万元丢得奇怪，大家想分钱是不可能了，还是暂时忍耐一下吧。庆亲王用眼神传达了这样的信息。

袁世凯微微地皱了皱眉头，耸了耸肩膀说：“唉，那也没办法。”

这次开会的目的就是希望得到袁世凯和唐绍仪的谅解。

“不能因为没办法就这样算了吧。”振贝子正是血气方刚的年龄，他不想半途而废。从小到大，只要是他办的事，没有办不成的，他可不愿意在这件事上放弃。只是现在他面对的，确实是个“谜”。他决心，不解开这个“谜”誓不罢休。

“张君，屋子里就没有别的异常之处？”振贝子从椅子里探出身子问道。

“悠悠馆是文保泰取拓本的地方，既没有书架也没有箱子、柜子，只有三张日本席、顾客送来的几块石碑、一张紫檀木桌和三张椅子。水池里有两个水桶，还有一个大纸篓扔在了墙角。一般的家庭会将纸篓放在柱子边上。悠悠馆的柱子紧贴着墙壁，是用石块砌成的，凸出墙面约五十厘米。

“一个水桶是空的，另外一个只装了半桶水。纸篓是竹编的，里面只有一些碎纸、两支用旧了的秃毛笔，还有三个用过了的棉花球。别的就没有了。”张绍光越谈越显得郑重其事。反应敏捷的人，大概能感觉到他话里话外带着揶揄吧。

时代变了。

在国外生活过的张绍光，毫不怀疑这一点。只是他不确定，时代的变化到底能给自己带来多大影响，也就是说，他的生活会变成什么样呢？现在，他可以从庆亲王父子那里白领薪水，但在新时代里，这样的工作可能就不会有了。不过那时，自己在国外学到的新知识肯定非常受欢迎。

如果只考虑眼前的利害关系，不管将来如何，自己怎样处理这个案子才最有利呢？张绍光不得不思考这个问题。

如果他将文保泰一案的来龙去脉毫无保留地说出来，或许庆亲王父子会高看自己一眼，但这样做未必是上上策。张绍光反复思考后，最后还是打消了念头。

他越想越忧心。这个案子背后的水太深，可他不愿就此放手。他希望自己能像小孩玩翻花线那样，把错综复杂的线抽出一两根来看看。振贝子叫他来时，他就下定决心要这么做了。

于是，他只向这六个大官汇报了当时的情况。

北京的秋夜，寒气逼人。

张绍光缩着脖子、弓着背，从烧酒胡同走向北小街。

隆福寺

说实话，烧酒胡同并不适合开秘密会议，只要有一点儿迹象，人们就能猜出来里面在干嘛。

密谈这种事，反而适合在人多的地方进行，不大容易引起别人的注意。庙会时，人来人往，最合适不过了。这么热闹的地方，遇上熟人很正常。因此，和别人说话，也不担心被误解。

张绍光就选了隆福寺庙会的日子，和某人约定在寺内见面。

隆福寺，是明朝景泰年间耗资几十万两白银修建的大型寺院。寺庙在东四牌楼附近，每逢初九、初十都有庙会。隆福寺庙会的热闹景象，可以称得上北京各庙会之冠。

根据《天咫偶闻》一书介绍，以前，隆福寺算是一个比较文雅的交易场所，人多买卖书画古董的拓本，物美价廉，不像如今，尽是些卖杂货、摆地摊又或是变魔术、变戏法一类的江湖人。

该书还提到，隆福寺还以花市出名，这里售卖各种应时的盆景花卉。春天有海棠、迎春、碧桃，夏天有夹竹桃，冬天有牡丹、梅花。现在则是菊花盛开的季节，菊花尤其受人喜爱。

张绍光在隆福寺里一边闲逛，一边装作若无其事地搜寻着约见的人。

“肯定会来的。”他非常确定。

不来，就说明对方没有收到信。收到信，一定会来的。

张绍光的信是这么写的：

悠悠馆中丢失的二十五万日元，目前已略有眉目，愿意奉告。

收信人是土井策太郎。

文保泰死后，张绍光和工巡总局的警察们立即奔赴现场查看，并与那须和策太郎见了面，听了他们对情况的介绍。对案子大致了解以后，他想进一步了解那笔巨款的来历和性质，以便更深入地调查案子，弄清真相。可他觉得那须启吾有些滑头，所以便选择了策太郎，想和他打打交道。

张绍光一边等人，一边观赏着寺内的建筑。庙宇已经陈旧不堪，不见往日模样，屋檐倾斜，有些地方甚至快要塌了，然而庙会却依旧繁华热闹。

东城的隆福寺和西城的护国寺并列称为“北京双庙”，他们也是朝廷的香火院。

日本的庙会别名叫“夜市”，主要是夜间做生意；而中国庙会的高潮，则在白昼。近郊的农家妇女们，一般都会来庙会采购日用杂货；王公贵族们也会挤在人群里闲逛。

《藤阴杂记》曾将隆福寺、护国寺两处庙会的鼎盛之时描述为：

百货俱陈，目迷五色。王公亦步行评玩。

诗人鲍西冈也曾以对句描绘庙会之繁盛：

三市金银气，
五侯车马尘。

金银之气与车马之尘，实际是说市井俗气弥漫寺庙。然而菊花的芬芳和附近书坊的书香，又恰好弥补了庸俗的气氛。

北京外城的书坊都集中在琉璃厂，内城的书坊则集中在隆福寺。

“啊！”突然，张绍光下意识地“啊”了一声，停了脚步。他条件反射一般，立刻扭转身子想藏起来。

他看见了文家的侍女芳兰。其实，在这儿见到芳兰不足为奇，文保泰家所在的铁狮子胡同就离这儿不远。

隆福寺有三间书坊最有名，分别是三槐堂、宝书堂、聚珍堂。书坊大体上也做拓本生意，与文家也有联系。

芳兰走进了三槐堂。

若是平时，张绍光大可不必回避她，可今天却不愿让她看到自己。见芳兰进书坊后，他放心地舒了一口气，又慢慢溜达起来。

有人拍了拍他的肩膀。回头一看，土井策太郎正故作严肃地站在他身后。

“咱们边走边谈吧。”张绍光小声地说了一句，立即向前走去。

“好的。”策太郎赶上前去与张绍光并肩而行。

“有没有闻到，汗臭味儿和土味儿中，还夹杂了菊花的香味？”张绍光说。

“是吗？”策太郎板着面孔回答，“不好意思，我的嗅觉不太灵敏。”

“今年出了什么新品种了？”

“我对菊花一窍不通。”策太郎回答说。

栽培菊花是士大夫之间非常流行的一种雅兴。菊花品种繁多，据说有三百多种，每一种都被赋予了一个优雅的名字。每年，菊花接枝后还会有新品种产生。而且一定时期内，新种菊苗的利润都很高。

“您收到我的信了吧？”这时，张绍光改用日语说了。

“看了，就是因为这个才来的呀。”策太郎语气有些不快。

“别啰唆了，赶快言归正传吧。”策太郎心里想。

张绍光像是知道策太郎在想什么似的，干脆直接点出了问题。

“我可以把情况告诉您。但……有没有回报呢？”

一切都如策太郎所料。

他一收到张绍光的信，立刻赶往那须启吾家商量。

“反正咱们都将钱如数交给文保泰了，咱们的任务就算完成了。”那须说。

不过，话是这样说，但贿赂这件事总归没办成。文保泰是一座联络的桥梁，如今桥梁断了，钱也丢了，就无法继续收买了。

芳兰作为见证人，已将一切情况都如实报告给了那桐。但那桐的回应却是：“这事太奇怪了，简直难以置信。”

内田公使说：“之前咱们已经花了一百万日元，可这回的二十五万元一丢，前功尽弃。不过，如果他们还要的话，咱们再付上二十五万元也可以。”他觉得，钱丢了是小事，能否成功地收买清政府的高官们，才是关系国家命运的大事，这可是钱换不来的。所以，他已经命令谍报小组立即寻找新的联络员，将钱交给对方。

“咱们本来都认命了，不过要是能找回来，当然最好不过了。反正，一切麻烦你了。”那须对策太郎说。

策太郎轻轻地咳嗽了一下，尽量平复了下心情，然后回答说：“你找到现金，我就给你五万块钱。”

“你的意思是，我要是找到那笔钱，就能拿到五万块钱，是不是？”

“是的。能如数找回二十五万块钱，最好不过了。”

“哈哈哈哈……”张绍光大笑起来。

周围的人纷纷向他们投去好奇的目光。谁也想不到他们是在谈如此机密的事。

“可如果我能找到，我为什么不自己拿走所有钱呢？”张绍光笑着说。

正如他所说，这笔钱来自哪里，要交给谁都不能公开，实际上是黑市交易。如果张绍光找到钱，即便他全吞了，别人也不能说什么。

“您给线索，我们来找，找到后送给您五万元，您看这样行吗？”

“要是你们耍赖呢？不过，你们拿没拿到手，我们也能调查出来，估计你们也不至于骗我。可是才给五万块钱，太少了吧？”

“少吗？您只是提供一下线索罢了，我们给五万元已经是很难得了。”

“也不多啊，按理说你们也没受什么损失，这钱也不是你们自己掏的腰包。”

“五万元够多了。”

“你们不是本来就打算给文保泰五万元吗？现在他死了，就把那个钱给我……呵呵，你们真是一点儿利益都不让啊。我要是不给你们线索，恐怕你们一分也找不回来。”

“这个……”策太郎无话可说。

现在的情形确实如张绍光所说。

策太郎想，反正钱都丢了，本来也没想过还能找回来。于是，他便下了决心：“那么，给您八万，怎么样？”

“干脆点儿吧，凑个整数，十万块钱。”

“嗯……”策太郎哼了一声。略停片刻，他叹了一口气，说：“好吧！”

“可要是我说了线索，你们还是找不到钱怎么办？”张绍光问道。

策太郎虽然接受了任务，可没有任意支配钱的自由。只能在找到二十五万元的前提下，在许可的范围内用钱。

“那样的话，就只能很遗憾了。找到钱，我才能给您钱，否则我也没办法。”策太郎老老实实地回答。

“你们果然只顾自己，我早就料到了。”

“这……说实话，这件事挺丢人的。我们也没有搜查的权利……在公使馆内，自然另当别论。我们是外国人，钱能不能找到，这不好说。”

“哈哈哈，日本人在侦察上不是挺厉害吗？”张绍光讽刺地说。

光绪二十九年，清政府设立了京师警务学堂，教师几乎都是日本人。

“唉，不……这种事……”策太郎极其尴尬。

这时，张绍光诚恳地说：“好吧，我就当是赌一回。我先给你们提供线索，酬金可以后来再付。不过，我希望您能把这笔钱的来龙去脉告诉我，行吗？”

“我只不过是跑腿的，怎么可能了解详细情况呢？”

“干脆这么办吧，我提问题，您只需要说一声‘是’或‘不是’就行了。我不会为难您的。”

“嗯。”

“那么我先问搜查方面的吧，问谁呢……这样吧，我先问一个人。”

这时，张绍光停下了脚步。

“好，您说吧。”策太郎说着也停了下来。

可是，张绍光又继续走了起来。

突然，右边传来了一阵说话声：“哎呀呀，到底，到底……这些人嘛，到底还是读书太少，又染上江湖习气，禀性野蛮，忘恩负义。他们下场究竟如何，且听我慢慢道来……”说完，打竹板的声音便响了起来。

一个留着蟹爪胡须的老头开始唱起了大鼓书。

唱大鼓书的一般都是路旁的说书艺人，唱的多是劝人为善、惩恶扬善的故事。据说，道士从前传道用的就是这种说唱的形式，后来被说书艺人所继承。说书人用的鼓叫渔鼓，即在竹筒两头贴上鱼皮做成。说书艺人一边用手敲打渔鼓，一边用竹板打拍。

这时，有个男青年嘲笑地说：“哎哟喂，怎么到隆福寺里唱大鼓书了呢？”

“你说什么？”唱大鼓书的老头恼怒地说了两句，然后又敲起渔鼓来。

那个男青年迅速跑掉了，看热闹的孩子哄然大笑。

大鼓书的旁边是耍武术的，只见那个人挥舞起双刀，招揽着顾客，展示着自己多么孔武有力。

穿过卖艺的人群，张绍光爽快地说：“就是那个丫头！”

“丫头？”策太郎反问道，“文家有好几个丫头呢。”

“可是能出入悠悠馆的丫头，不就只有一个吗？”

“您是说芳兰？她一直和我们在一起。”

“她和你们一起从悠悠馆出来的？真的是一起出来的吗？可我听说她是稍晚出来的啊！”

“哦，那是文保泰让她把屋子收拾收拾，但就只晚出来一会儿。”

“悠悠馆里不是有个竹编的纸篓吗？为什么还要把碎纸放到桶里去呢？……也许是文保泰让她收拾，她就趁机把钱都扔进了桶里，再用碎纸杂物盖在上面，然后再跟着你们出来。这不过是瞬间的事，所以你觉得她和你们是同时离开的！”

“假如真的是……不，不可能。想想看，那么多钞票，一只手根本拿不了。不管手脚多麻利，也不可能在文保泰眼皮子底下把钱扔到桶里去。何况钱刚刚交接完，文保泰肯定会非常留意。这个假设太不切合实际了。”

“确实如此。”张绍光点了点头，似乎已经有了肯定的结论，“一般情况下，这当然不可能，可我们应该多设想一下，我是说只要具备了某种条件，这件事做起来就非常简单了。”

“什么条件呢？”

“这一点我现在还不想说。我和您谈的只是钱的下落，而不是杀害文保泰的罪犯。”

“我知道了。只是我个人很感兴趣，想知道那种条件可以是什么。”

“哈哈，这很简单。就是说，要是文保泰和她合谋，丢失二十五万元就不足为奇了。”

“合谋？”

“不，或许不仅仅是合谋，说不定还是主犯呢。当然，我这样说没有证据。但可以设想，面对二十五万元的诱惑，有没有可能，文保泰想把这笔钱据为己有呢？可能性还是很大的，所以芳兰和他合伙也是有可能的。”

“那样的话……”策太郎本想反驳张绍光，但仔细想想又觉得不无道理，甚至可能性很大。

“你们二位离开悠悠馆时，是背朝他们走向大门口的。当时，只剩下文保泰和芳兰两人。芳兰把钞票塞进桶里，文保泰说不定还帮了忙。”

“嗯，很可能！”策太郎咽了口唾沫，继续说道，“完全有这种可能。但是，您有证据吗？”

“我想，只有我说的这种情况，才能解开丢钱的谜团。这些不就是证据吗？当然，别的情节也有可能。”

“比如说呢？”

“也许他们最初的计划是这样的：芳兰设法先把钱藏在安全的地方，然后文保泰从悠悠馆出来装作去上房拿东西，等他再回悠悠馆时，就贼喊捉贼……”

“您是说，他喊钱丢了？”

“是的，他可以说‘抓贼了’或者说看到贼的背影了。这样，全家都会骚动起来。不过，当时通知文夫人的，真的是您吗？”

“嗯，是的。其实我很不愿意做这种事。”

“听说，您曾经说过，当时文夫人非常冷静，是吗？”

“是啊。她进悠悠馆之前，一直不慌不忙，十分冷静。我觉得特别奇怪。”

“后来她看到文保泰躺在地上，才开始慌的。对吗？”

“对。从冷静到慌，界限太明显了。”

“那么，就是文保泰只向夫人说了实话。他们本来的计划是：你们拜访他之后，悠悠馆遭贼，引起骚乱。文保泰估计已经把这个流程告诉了夫人，所以您通知文夫人时，她并不吃惊。因为这都在设想之中。可她没想到，文保泰真的死了。所以，一见到丈夫躺在地上，浑身是血，她就真的慌了。这样就能解释，为什么文夫人前后态度的差别那么大。”

“如果像您说的这样……”

“我想说的是，芳兰可能与二十五万元丢失一事有关。估计是文保泰引诱她参与了此事。可文保泰之死跟她是否有关，我就不知道了。如果死亡一事跟她无关，那毫无疑问，这笔钱就会全部落在她的手中。若有关，那她就是提前设计并参与了侵吞二十五万元的阴谋。”

“我想，她与杀人案件无关吧。我们三个人离开后，悠悠馆的大门才关上，当时文保泰还闩上门闩，我记得很清楚。”

“但无论是哪种可能，她都知道这笔钱的下落。这个线索，不知道有没有用呢？”

“嗯，当然有用。”策太郎回答说。

根据张绍光的分析，可以明确断定文保泰是主犯，但不幸被同案犯杀人灭口。策太郎目睹了文夫人前后两种截然不同的态度，不禁深深叹服张绍光的破案才能。

“如果您同意我的分析，就该轮到我问您了。这二十五万元，是不是日本公使馆拿出来的？”

“我只是个跑腿的。”策太郎说，“我不知道这笔钱来自哪里。但如果您非问我是或不是呢，根据自己的想法，我觉得是。”

“看来，这笔钱与中俄重新签订撤兵条约有关吧？”

“是的。”事到如今，策太郎觉得隐瞒下去，也无济于事。

“你推测那笔钱是要给谁呢？”

“也许是那桐，也许是庆亲王父子……”

“那袁世凯呢？”

“可他是天津的啊。不过，也有可能……”策太郎是经过深思熟虑后才回答的。

张绍光一直注意着他的表情，心想，看样子策太郎不像说谎，估计他了解的也只限于这些。

突然，一种无以名状的空虚感袭来，张绍光觉得一切似乎都很无聊。人生真是冷酷无情啊，没有人能够抵御这突如其来的虚无感。两人谈了这么多，也当是消愁解闷吧。

他想，已经到了和策太郎分别的时候了。

他又想起了另外一个人。

穷　鼠

书坊，尤其是旧书坊有一种独特的味道，气氛也与一般店铺不同。历史悠久的三槐堂就坐落在隆福寺门前，古色古香，连柱子、门缝似乎都渗透了古书的味儿。

张绍光走进三槐堂。他一向喜欢逛书坊，但是讨厌书坊里的陈腐气味。

他想到的另外一个人，就是之前和策太郎提到的可疑人物芳兰。见策太郎之前，他看到芳兰走进了三槐堂。不知她是否还在里面？进去时，芳兰提了一个包袱，包袱里装的是书还是拓本呢？总是要讲讲价钱，拿到钱才能离开吧。

果然，芳兰还在里面。一个皮肤白嫩、身材纤细的年轻男子，看上去像是三槐堂的老板，对她彬彬有礼地鞠了个躬说："实在多谢您了！"芳兰也略微点头还礼，从容地转过身来向门口走去。

似乎是讨厌旧书的气味，张绍光没有进到里面，只是假装在靠近门口的书架上找书。

当他感觉芳兰正从自己身后走过时，他转过身去叫了一声："小姐！"

"啊，是您！"芳兰当然还记得张绍光。文保泰案子发生后，他就和警察一起到过文家。

"来办事吗？"张绍光问道。

"嗯？……不，嗯，稍微有点儿……无意中……"芳兰显得有些慌张，前言不搭后语。不过突然被人叫住，有点儿慌也是正常。她似乎想说没有什么特别的事，可她进来时手中拿着的包袱却不见了。

芳兰想侧着身子从张绍光背后走过去。张绍光迅速掉过头来，正好和她并排地站着。

"您回家吗？"他问。

"嗯，是啊。您知道我们家最近很乱的。"芳兰似乎很不高兴，说完她拔腿就走。

张绍光绝不会放过，大踏步地赶上前去："您等一下。"

"您说什么？"芳兰停了下来。此时，她已经离三槐堂好几步远了。她严肃地盯着张绍光的脸，一副不耐烦的表情，简直像是说："你少管闲事。"

"我是说让您等一下啊！"说完，张绍光微微一笑，他也停了下来。

"干吗？我不喜欢别人对我问来问去。"

“哈哈！小姐脾气真倔啊！”

“请您别开玩笑！”

“不，我不是开玩笑，我是来劝您的。”

“劝我？”芳兰低着头，可眼睛却向上盯着张绍光。

“对啊。”张绍光点头说，“其实刚刚我在隆福寺就看到您了，所以就跟了上来。”

“嗯？”芳兰很是吃惊，脸色更加不好了。

“我本来想到府上去拜访您，提醒您注意安全。”

“谢谢您的好意了。”芳兰的话里充满了讽刺味道，也暴露出她内心的不安。

“我是真心关心您。”张绍光厚着脸皮说，“不过，站着说话不太方便，咱们边走边说，行吗？尽可能在热闹的地方讲话比较好。咱们从隆福寺里面穿过去，怎么样？”

芳兰没有回答，却照他说的做了。

“我提醒您不要再回文家，否则可能会被抓起来。”张绍光装作闲聊天儿的样子，和颜悦色地笑着说。

“被人抓起来？谁来抓我？”芳兰竭力想稳定自己的情绪，可怎么也掩盖不住内心的慌乱，声音都颤了。

“您是聪明人，我把话说到这个份儿上，您应该已经明白了吧？”

“不是……那样……我，说我聪明，可我根本不懂您说的是什么。”她的语调已经暴露了她的内心。

“您很聪明，而且很有胆识，就不必谦虚了。文保泰一案已经充分证明了这一点。不过，北京的警察虽然反应迟钝，可要是集中起大家的智慧，破案也是轻而易举的……不信的话，您回去试试，警察可能就在家里等着您呢！他们可是要逮捕你的。”

“逮捕我？”

芳兰想，他是不是想套自己的话？她努力按捺住内心的不安，企图试探一下张绍光。可不管自己怎么引诱，他都丝毫不动声色，像是和恋人散步一般，极其悠闲自在。芳兰压根儿无法从他的表情中捕获到任何信息。

“是啊！可我关心您，所以来向您泄密来了。警察们应该还没掌握到杀人的证据，到时候一定会拷问您那二十五万元的下落。您要小心啊，毕竟咱们国家用刑狠。我劝您还是躲一下风头。这就是我跟您说话的目的，没有别的了。”

“是吗？”芳兰泄了气似的自言自语地说。

文保泰死之后，这个叫作张绍光的人就和警察一起来查看现场。那时，看到警察都非常尊敬此人，芳兰就觉得他并非寻常之辈。

张绍光紧接着说：“有时候看似完美的犯罪，实际上却漏洞百出，最好破。而越是很明显的犯罪，越不好破。因为那些拙劣的犯罪手法会分散警察的精力，反而要耗费很长时间调查。但那些完美的犯罪却不一样，它看上去不像是犯罪，可很容易把犯罪手法推理出来。只要找到一个突破口，找到那条唯一的线索，案子很容易水落石出。可以说您做的是这种案件的典型。”

“您的意思是说我杀了文老爷？”芳兰听后，肩膀不由自主地颤了一下。

不知不觉，他们二人已经走进了隆福寺。寺里人声嘈杂，路旁卖艺人的招揽声和逛庙会人群的叫喊声交织在一起，好不热闹。

这样的环境反而适合谈这种事。张绍光用轻柔的语调说：“二十五万元在悠悠馆里转眼之间消失了，这个谜绝不亚于杀人案件。不过，也不难明白。既然馆里没有，就一定是被人拿出去了。除了那两个日本人，就剩您有可能了。虽然钱数量不少，但您只要把它放在桶里，再盖上一些碎纸屑，就没人看得出来了。其实这道理很简单，但凡头脑清醒的人都能想到这一点。问题是这钱上不了明面，所以他们都只能在暗地里调查。”

“您要知道，那么多钞票要两只手才能抱起来呢，我怎么可能……”芳兰生气地说。

“只要有人帮您不就行了？”

芳兰越生气，张绍光就越冷静。他已经感到两人的辩论，胜负已成定局。

“怎么可能还有人？”

“这还不明白？只要和文保泰合伙弄，不就轻而易举了嘛！”

芳兰沉默不语了。

她没有回答，但她的表情却流露出内心的不安。张绍光看得一清二楚。

芳兰停了下来，稍加思索后又继续走了起来。她大概是想掩饰自己吧。

张绍光斜视着芳兰，继续说："文保泰的上司都是些贪得无厌的家伙，他们把赃款统统揣进了自己的腰包。文保泰觉得自己才拿五万元，太少了，于是想吞并其余的二十万元。他的上司天天敲日本和俄国的竹杠，都习以为常了。在他们眼里，区区二十万元算不了什么。文保泰也有样学样，觉得自己中饱私囊一回也没什么。他想自导自演一出丢钱记，谎称钱被贼偷了。可一个人弄有些困难，得找个帮手。他发现您头脑灵活，于是说服了您，两个人串通起来演戏，可他没想到的是，您的计谋要高得多啊！"

张绍光话音刚落，芳兰就停下了脚步。她似乎心情又好转了，看来是又恢复了信心。也许是张绍光的推测太离谱了。

"您的想象力可真丰富啊！"

"怎么？我讲得不对吗？"张绍光说完歪着头望着她。

"当然不对。"

"真的吗？"张绍光窥视着芳兰说。

芳兰的脸上已经看不到之前的不安了。

两人辩论，有时会因一言之差而定胜负。此时看来，是芳兰占了上风。

张绍光不甘心，于是暗自思索："难道是自己太得意了、不够谨慎？就算说错了，也不至于太离谱吧？她怎么又钻了空子，神气起来了？"

"哎呀，我小看她了。"张绍光心中有些忐忑不安。

“您还有什么假设，请继续讲吧。”芳兰说。

她的口气变了，带着挑战和揶揄的口吻。

此时退让，必然败北。

张绍光对自己的推论深信不疑。即便芳兰发现自己说的不对，也绝不会有什么大的差错。他决定接受挑战：“好，我继续说下去。交完钱，两个日本人走到后门，才突然想起，忘了让文保泰写收条，于是又转回来。当时，您提着桶正想绕过悠悠馆向里面走，被他们叫住，您不得已又转了回去。当时，您肯定是惊慌失措，不知道如何是好。”他边说边向前走着。

芳兰也跟着他走。

“别人的心情，您都能知道？”芳兰试探地插了一句。

“能猜到嘛。”

“那后来呢？”芳兰毫不让步，追问道。

双方争执不下，谁也不放松。

“桶里装着二十五万块钱呢！”张绍光单刀直入地说，“表面上，您是要去扔垃圾，可他们喊住您，您再把桶提回去也不正常。您很聪明，所以随手将装着钱的桶放了下来，然后转过身来。这么做也是迫不得已，您肯定放心不下那笔钱吧？”

“哎呀，就像您亲眼看到似的！”芳兰说话的声音都有些发抖了。

“有些事我比在场的人了解得更清楚呢。您把桶放在原地时，肯定以为没人会注意这个垃圾桶，不幸的是，真有人去翻了。那个人可能习惯了捡破烂，想在垃圾堆里捞点儿有用的东西。他像平时那样把手伸进桶里，可没想到，竟然掏出了钞票。怎么样？我想象的可……”

“您爱怎么想就怎么想，这是您的自由。”也许刚才说话有点儿打颤，为了掩饰自己，芳兰语速很快。

“那个男人……”张绍光停顿了一下，接着又爽朗地说道，“我就不转弯抹角了，就是仆人老刘。听说他是看门老大爷的什么亲戚。嗯……您，还有那两个日本人敲悠悠馆的门，里面没有回声。那须就说，还是叫人来吧。正好您看到老刘在桶边，于是便把他叫了过来。那时他已经发现桶里有钞票。因为文保泰死了，您就趁机分配大家干活，自己则说去找医生，这样，您就神不知鬼不觉地把钱从文家拿了出去。当然事情没您设想的那么顺利，老刘既然知道桶里有钱，就恐吓您。是不是？”

“嗯，您说得很对！”出人意料，芳兰倒是很爽快地承认了。

“嗯，老老实实地承认就行。但是老刘太笨了，他既然发现了钞票，当时立刻把桶提走就好了。或许是您叫住了他，他没时间行动，或许他从来没有见过外国钞票，不知道如何处理。总之，骚乱平息之后，他威胁您给他钱，想敲您竹杠。凭直觉，他应该要的不是外国钞票，要的是银元吧？那家伙敲了您多少钱？”

清朝的货币是以银为本位，形状是圆是方不重要，主要看银子的纯度和重量。所以把早先使用的外国银元通称“洋银”，把墨西哥的银元称作“鹰洋”，把英国的银元称作“双烛洋”，把法国的银元称作“王冠银币”，所有都是根据货币的图案命名。

“我给了他三百元。”芳兰爽快地回答。

“是哪国的元啊？”张绍光问。

当时，叫作“元”的银币有两种：一种是日本的银元；一种是英国与清朝贸易时专用的银元。这种银元在香港铸造，叫作“站人（即站着的人）银元”。银元的表面有一个扶着手杖站立着的人像，用汉字刻着“壹圆”作为记号。英国人称之为贸易货币。银的纯度不到百分之九，比日本银元低。

“是日元。”芳兰说。

“那他倒不算贪，不过三百日元太可笑了。”

若按当时的币值计算，三百元也相当可观，按一般的生活水准，一个人可以游手好闲地过好多年。不过，桶里的英国钞票可值二十五万日元，老刘却只敲了区区三百日元，实在可笑。老刘没文化，眼前放着英国钞票，也不知道能换成多少银元。他要是知道那一桶的价值，绝对不会只要三百元。

“说实话，老刘要的不多。”芳兰说。

“那你为什么杀死他呢？”张绍光一改之前轻松的表情，突然声色俱厉地质问起芳兰。

此时，他们已在不知不觉中离开了隆福寺。

“他还提了别的要求啊！”

“什么要求？”

“他还想强奸我。”

“那……”

张绍光想：如果在外国，芳兰这叫正当防卫。当然，这要视情况而定。

两个人从东廊下穿过孙家坑，继续向北走去。这一带和隆福寺的环境截然不同，人烟稀少。走进钱粮胡同，甚至都看不到路人。据说，钱粮局以前就设在这里，后来变成了国立内城官医院。

芳兰走在张绍光前面约半步，自然是由她带路。她和张绍光走进了钱粮胡同，但张绍光根本没注意，只是跟着她走。

“是您把老刘带到院子里的吧？”张绍光问道。

芳兰点了点头。

“从一开始您就想杀死他？”

这时，张绍光不禁回想起在国外的大学里听法律课、参观法庭等情景。他现在似乎把自己当作了审判长，正在审问芳兰。

“是啊，他想干那种坏事，难道我还不应该反击吗？”芳兰回答道。

“当然，你可以……不过，杀人就太过分了。”张绍光又想，这不能成为正当防卫的理由，便摇了摇头。

芳兰不是在对方突然袭击、迫不得已的情况下杀死对方的，而是在一开始就计划将对方引诱出去。如果老刘只是因为企图强奸女方就被杀死，任何国家的法庭都不会把杀人者的行为判成正当防卫。

“您说我做得过分？”芳兰反问道。

“是啊，不至于把他杀了吧……凶器也是提前预备好了吧？”

“是，是的。”

“他是被人从背后用一种钝器打伤头部致死的，这钝器是什么？”

“烧壁炉用的拨火棍。”

“那就是铁棍了，您能抡起来这么重的东西吗？”

“不，用不了多大力气。可是……”芳兰露出笑容。

走进胡同，她的眼神灵活多了。

“可是什么？”张绍光继续追问下去。

“我这就跟您说，不过，我想先问您一件事。”

“什么事？”

张绍光边问边想：我大概已经追问到事情的要害，她开始设法回避了。哼，你别想再挣扎下去了！

然而，芳兰并不是在挣扎，她正冷静地窥伺时机呢。

如果张绍光注意到了芳兰异常的眼神，说不定可以免去一场灾祸。无论如何，在紧要关头，自己更需要冷静下来，退后一步，注意观察四周的动静。

“我想知道的是，”芳兰不慌不忙地说，“为什么您那么热心地忠告我呢？也许您不是这个意思，其实是想让我回去吧？”

“我让您回去？哈哈哈……您是说我要逮捕您吗？”

“是啊，您难道不是这个意思吗？”

“当然不是。如果要逮捕您，我早就可以动手了呀！”

“那您到底想干什么？”芳兰皱着眉头问。她每每皱起眉头，就会有一种娇媚之态。

“我也不知道，我只是想救您。”张绍光说。

“您一番好意……那我怎么回报您呢？”

“哈哈哈，虽然我也很仰慕您，不过，有老刘在前，我就是想要回报也不敢说啊！”

“您这么害怕呀？”

“是啊，我可不想像老刘那样。”

“您不想遇上老刘那种事，可这也不是您说了算的呀，有时真碰上了也没办法。比如说……”

“比如说？”张绍光鹦鹉学舌，重复了芳兰的话。

“比如说像您现在这样！”

“现在？”张绍光的话音刚落，后脑勺突然传来一阵剧痛。他立刻失去了知觉，躺倒在地。

一个男人手里拿着棍子站在张绍光身边，他就是三槐堂的那个皮肤白皙的店员。

“这样行了吧？”青年男子问芳兰。

“多谢，幸亏你及时察觉，偷偷跟在我们身后。”

“嗯，我看到一个陌生男人和你搭话，为了慎重起见……”

“他没死吧？”

“上次用的是铁拨火棍，这次是顶门的木棍。我看你向我使眼色，就没太使劲。要是想杀了他，我马上就地把他收拾了。”

“不，那倒不用。不过，把他留在这里恐怕不合适。”

“嗯，得弄清楚他是哪边的人。好，我去雇辆车子来。你在这儿假装照顾病人。”

失　踪

土井策太郎去了文保泰家。

此行是为了逮捕芳兰，让她说出二十五万日元的下落。不巧，当天文家正在为文保泰“送三”。“送三”就是人死后第三天为死者举行超度灵魂仪式的日子。

中国的习惯是，死者入殓后，要放在家里一段时日，称为停灵。按惯例要停四十九天。到了清末，停灵的时间大大缩短，讲究排场的人家一般是放七天到九天，穷人家则出殡得更早。“送三”就是指在丧事的第三天黄昏，为死者超度灵魂。

每逢过年，家家户户都用长条红纸写下祝愿之辞，称为“春联”，贴在家门上。春联一般早在年前就准备好了，文家当然也不例外。他家贴的门联是：

莞草满庭吐秀

杏花遍地生春

这副门联是用泥金写的。

此外，家中各处还贴上写有“春”“福”一类吉祥字的方形春联。

由于家里办丧事，文家便用白纸将春联遮了起来。所有喜庆的红色都没有了，显得惨淡凄凉。

杠房[1]的伙计们运来各种工具，在院子里搭起棚子，挂上挽联。僧人、吹鼓手等招揽齐全，大鼓和铜锣也都齐备了。有钱人办丧事，凡男吊唁者来到门口，就鸣鼓，女客到来，则吹喇叭，以便通知宅内的人。念经和吊唁都从黄昏开始。

策太郎到达文家时，所有人都在紧张地做着各种准备。办事的人来来往往，没有人会质疑他来的目的。

策太郎进去之后，立刻找到看门的老大爷。老大爷哭得眼泡儿都肿了，看来是一个忠实的人。不过，也说不定，或许是因为亲戚老刘死了才哭的。

“芳兰在哪儿呢？”策太郎问道。

“哎呀，”看门的老大爷不停地眨着眼睛说，“现在这儿乱哄哄的，我也不知道。您进去问问女用人吧。”现在这么忙，人们只顾干自己的活，谁也不知道别人在干什么。

策太郎走到正房。

[1] 杠房：旧时专门出租殡葬所需灵杠、棺罩、孝衣、幡伞等执事的店铺。

正房的大厅内，一副盖着绸子的棺材摆在两条板凳上。棺材的前面，一位披麻戴孝的妇人正扑在地板上号啕大哭，旁边有两位妇人不断地安慰着她。应该是文夫人在哭吧，两旁陪伴的是亲戚。

按照北京的习俗，棺材要置于南北方向。棺材里要塞满木屑，覆盖棺材的绸子要缝上蝙蝠形的“寿”字。讲究的人家，把死者穿的衣服称作“寿衣”，把棺材称作“寿材”。

这里是灵前，也是未亡人放声痛哭的地方。

策太郎看了看，又蹑手蹑脚地向旁边的厨房走去。

虽说他是文家的常客，却从未进过厨房。厨房门总是关着，夏天也要挂上帘子，大概是不想让客人看到里面的情形吧。然而，现在厨房门却完全敞开了，不同的人进进出出。十几个男女仆人正在忙着干活。前来吊唁的人、亲属、帮忙的杂人、僧侣、吹鼓手，所有人都要吃饭，厨房就显得特别忙乱。看样子连亲戚家里的仆人也被找来帮忙了。这种情况下，也不便进厨房。

于是，策太郎就站在厨房外往里望了望，没看见芳兰。他又在走廊上站了一会儿，打算从来往的人里面找找熟人。

不一会儿，一位经常打扫院子的中年女仆抱着小坛子从厨房走了过来。

“你们真忙啊！”策太郎亲切地打招呼。

“咦，您也来帮忙？”作为文保泰的弟子，策太郎到刚逝世的老师家来帮忙，也不足为奇。

“是啊！……大家都在干活……”策太郎暧昧地回答，然后问道，“哎，芳兰在那边吗？我找她有点儿事。”

“她不在厨房。是不是在里面？那个姑娘不怎么干脏活的。”

中年女仆边说边看着自己那双抱着坛子的手。她的手已经被深褐色的酱油、豆瓣酱给弄脏了。

“那好吧，我到里面去看看。”策太郎说完转身离去。

正房后面有间房子叫作后罩房，与正房有一段距离，一般的大户人家都会把女仆人安排在那里住，有时还是老爷们的藏娇纳妾之处。

策太郎绕到后罩房，观察了一番情形。平时，不准男仆靠近这里。现在这么乱，也顾不上这些了。女仆人的房间门都敞开着，外人进出非常随便。

策太郎大摇大摆地进去看了看，没有人哭。五六个女人在缝制丧服和捆叠送葬时要烧的金银纸箔。有人抬起头打量了一下策太郎，但都以为他也是来帮忙的，便没有特别理会。芳兰也不在里面。

策太郎问一位面熟的年轻女仆：“芳兰在哪儿呢？”

“到取灯胡同办事去了。这时候也该回来了，她也太慢了。”

“她办完事是不是会到这儿来啊？”

“这……可能会来吧。”

“好吧，那我待会儿再来。”策太郎说完离开了。

人死后，有很多事情要办。丧葬的规矩也很多。就拿念经说吧，汉族人除了请和尚，还要请道士。满族人则要请喇嘛来念经七日，家里要设祭坛，同时为喇嘛准备七天的饮食和茶水。而且，还要请阴阳风水先生算一算主要时辰的吉凶，甚至连哭丧的方式都有规矩。

亲人去世，家属、亲友内心悲恸。不过，繁杂的后事让所有人都处于一种紧张忙碌的状态，反而能冲淡他们内心的痛苦与哀伤。这也算是生活的智慧吧。

策太郎与丧事无关，可以悠然自得地在文家遛来遛去。他觉得有些不好意思，可根本没有人注意他，人们都各自忙碌着。

于是，他向悠悠馆走去。

悠悠馆的大门被砸坏以后，家人们就在门框上挂了一面白幕布。幕布不时地被风吹起。策太郎从幕布下钻了进去。

文保泰被杀的现场已经不复原样了，只剩下了日本席子、紫檀木椅子和桌子。原先运进来的石碑已送还原主。当然，血迹都擦去了。

“什么都没有了……”策太郎环视着空荡荡的悠悠馆，自言自语地说。

墙角简易自来水管下面的水槽里，过去常放着几个水桶，现在也不知去向了。

策太郎思索道：“凡是能移动的东西都搬出去了。也许死过人的地方不吉利吧？紫檀木椅子和桌子留下来，可能是为了接待前来吊唁的客人。”

“嗯？有个东西！”策太郎惊讶了一下。

原来是纸篓。

凄凉的悠悠馆里，只剩下了这只纸篓。过去，它一直紧靠着石柱子。文保泰死后，它依然放在原处未动。看到放纸篓的旮旯儿里冒出了一些嫩草，策太郎不由得一阵心酸，这里就像是一片凋零了的荒野。

他又看了看纸篓，里面空空如也。策太郎记得，他们来找文保泰时，纸篓里还装了很多坏掉的毛笔、旧棉花球、蘸了墨汁的棉花、特制的弹簧和各种作废的拓本。

他抚摸着凹凸不平的石柱子，回忆着文保泰生前的情景，有一种无以名状的悲伤。到此时，他才认真地哀悼起自己的老师。然而，感伤刚刚浮起，立刻又被驱散了。

策太郎一想到他们被诈取了二十五万元，就意识到自己太糊涂了。“我不是来缅怀故人的，而是为了挽回名誉，设法取回那笔钱的！”想到此，策太郎立即离开了悠悠馆。走到门口，布帘子被风吹得呼呼作响，他的头发也被吹乱了。

他在文保泰宅子里绕了一圈，又回到了女仆人住的房间。

“芳兰还没回来呢！本来早就该回来的，不知是怎么了。刚才那桐先生那儿也派人来找她。真是的，她到哪儿闲逛去了？现在正是忙的时候。”刚才见过策太郎的那个女仆说。

那桐多次派人来找她，芳兰始终未归。文家的管家气得不断地嘟囔，只好派人去芳兰办事的地方找她。

事情是这样的：文保泰生前曾向取灯胡同的一个叫作穆桂的旗人借了几本书。文保泰出事后，穆桂突然说急用那几本书，于是管家就派芳兰还书去了。去找芳兰的人回话说：“早在三小时以前，芳兰就将书送到穆桂家，然后立刻离开了。”

一直待在文家等芳兰的策太郎听到这个消息，立刻想到：“糟糕，她一定是趁机逃跑了。”

策太郎确信芳兰不会再回文家来了。

正厅里，和尚们已经开始念经，浓郁的香火味随风吹了过来。

策太郎离开大厅，准备回家。念经声越来越远，他边走边思索：这么看来，那个叫张绍光的人，也很可疑。他既以警察顾问的身份调查这个案子，又在隆福寺里偷偷告诉自己，是芳兰把二十五万元带出了悠悠馆。好，这么一来，也该查一下张绍光。

张绍光虽然不是工巡总局的人，但要找到这个人，还得通过警察这边的关系。幸亏策太郎有一个日本朋友就在新开办的京师警务学堂里当教员，于是，他便托朋友询问了一下工巡总局。

第二天早晨，朋友给他带来回信说：“昨晚张绍光不在宿舍，不过，也许等上半天就能联系上了。他平时就来无影去无踪的。以前他到外面住，第二天很快就能联系上。”

一天过去了。

等到日落西山，策太郎的朋友告诉他说：“不管是宿舍还是工巡总局的人，都没见过张绍光，他也没来联系过。工巡总局也想找他谈谈，可是到处都没找到。看来，他好像是失踪了。他们正准备搜查呢。”

策太郎还拜托那须启吾到文家去打听芳兰是否回来。如他所料，昨晚芳兰一夜未归。

看来，两个人都失踪了。

这应该不是偶然。奇怪的是，他们几乎是同时失踪，像是约好了似的，最后出现的地方也都是隆福寺。

最后一个见到张绍光的人是策太郎。策太郎收到他的邀请信，便如约在隆福寺与他相见。

而芳兰从穆桂家里出来之后，曾到过隆福寺前的三槐堂。这是文保泰的朋友李先生亲眼看见的。那位老先生只当芳兰办什么事去了，也没有特别留意。老先生一心都在字帖上，也不知道她什么时候离开了三槐堂。不过，他倒还清楚地记得下午两点以后见过芳兰。那时，策太郎正和张绍光说着话呢。

隆福寺内和隆福寺前的书坊——时间、地点大致相同。

如此想来，这种一致不是偶然，他们之间很可能有联系。

当晚，那须启吾来到策太郎住的地方。

这个经验丰富的老谍报员也带来了“一致”的消息：“咱们过去只知道，芳兰是那桐推荐给文保泰的。但进一步调查后，才知道她在去那桐家之前，曾在庆亲王家当过侍女。这么看来，她肯定是个联络员。”那须说。

“嗯，她的作用好像还不小呢。”策太郎说。

“是啊，可以这么说。”那须一边用小指的指甲搔着右眉梢，一边说，“姓张的小子曾在日本和德国留过学。回国后，有一段时间赋闲，但之后意外地被振贝子看中了。”

“振贝子，那不是庆亲王的……”策太郎说到此处，不禁咋舌。

振贝子是庆亲王的儿子。

他们两人又有了新的“一致性”，他们都是庆亲王阵营中的人。“偶然”也不再单纯是偶然了。

既然是同一阵营，张绍光为什么还要告诉策太郎说，芳兰是罪犯呢？

“这太奇怪了，有必要调查一下这小子究竟是什么人。”策太郎说。

嫌疑人

翌日清晨，策太郎去了吉祥二条胡同。王丽英就住在这里。

这所房子是王丽英的舅父的，她舅父举家迁往上海，拜托王丽英代为照管房子。因此，她的好友李涛等留日同学无所顾忌，常到这里聚会。策太郎虽然算不上是王丽英的至交好友，但也称得上是王家的常客了。

走到门前，策太郎突然发觉似乎很久没来过这里了。是啊，自从上次听到情报离开后，就一直忙着收买之事，没空儿前来。

想到情报，策太郎感到有些惭愧。上次他在王家听到中俄要重新商量撤兵一事，始终觉得自己利用了王丽英。后来得知日本的谍报网也搜集到了这个情报，他才稍稍安心一点儿。无论如何，这里是帮助自己完成任务的地方，纵使心中有愧，也该坦然面对。

除了这些翻腾着的纠结情绪，策太郎的内心还一直有着莫名的期待，想要早点儿见到王丽英。

他忍不住在心中感叹：今天真难得啊！

从上次在这里听说消息，到和那须商量，再到收买文保泰，一切都是紧锣密鼓地进行，根本没有闲暇想别的事。谁料，完成之后，文保泰又离奇死去，二十五万日元也不翼而飞。不知不觉间，一个星期过去了。这一星期虽然短暂，但骇人听闻之事一桩接着一桩，反而让人有一种时间上的迷失感。一个星期前的事情，倒像是很遥远的往事了。

“好久没见了……”每每想起自己之前来这里的目的，策太郎内心就忍不住谴责自己。

他思绪万端。

如果王家高朋满座，自己怎么办呢？那就装作若无其事地向大家寒暄一句：“天真冷呀！”这就行了吧？策太郎边走边自言自语。此时，他忽然意识到，越是注意自己的言行，越容易让人觉得你行为蹊跷。想到这里，他的额头冒出了冷汗。

策太郎边走边想，脑海里一直浮现着王丽英的倩影。

日本方面不惜重金贿赂清朝官员，致使中俄撤兵协定趋于流产。最后，日本如愿以偿，有了对俄宣战的主动权，出师有名。据说，俄国公使莱萨知道后，愤怒不已，不停地拍打桌子，最后流了鼻血，躺倒在地。

策太郎算是完成了自己的任务。虽然尚未接到回国的命令，但估计也快了。在这段时间，他决定要找回那二十五万元。这倒不是上面下达的命令，而是他自己不甘心钱就这样丢了。上级知道了，说不定还会阻止他。

同时，他还接到命令：不必再隐瞒身份，他可以光明正大地做自己的商人了。这样一来，自己就无须再欺骗王丽英，也免得内疚。策太郎的心情也舒畅多了。

以前，每次去拜访王丽英，她家中总是有很多朋友。偶尔，也能遇到她一个人在家的时候。策太郎满心期待着第二种可能。

这天，客厅里只有王丽英一个人。他喜出望外，心想，自己的运气不错。

策太郎按事先想好的那样打了招呼："真冷呀！"

"请坐！"王丽英说。平时，她总是和蔼可亲，脸上带着笑容；今天却不同，脸上完全没有笑意。她勉强地敷衍了几秒钟，目光严峻地看着策太郎。

"怎么了？"策太郎立刻感到不安，低着头看椅子的扶手。

"土井先生！"王丽英声色俱厉。她让策太郎坐下，自己却站着和他说话。

"什么事？"策太郎迎着王丽英的视线问道。王丽英完全像审讯似的盯着他。

策太郎有些困惑，弄不清她为什么这样看自己。

"以前在东京时，我对你没有任何戒心，什么都想让你知道，把你当成好朋友。"王丽英说。

"我知道的。我很感谢。我也把你当成好朋友啊！"

经历过甲午战争、日俄战争的硝烟，中国的青年们认识到清朝的旧体制无法再带着国家前进。中国应该效仿邻国日本，走上现代化的道路。因此，数以万计的青年们纷纷东渡日本去求取新知。不过，中日两国关系表面上看似平静，实则暗潮汹涌。这种表面的平和保持了十多年，直到日本威胁中国，提出了“二十一条”要求，两国关系迅速恶化。

在那之前，中国人对日本人没有太大的戒心，只要了解彼此的身份和来历，一般都会以诚相待。李涛和王丽英那一群热血青年，本来很相信策太郎。即便大家一起讨论问题，也没想过要回避他。估计他们曾向别的朋友们介绍过，说策太郎和他们有很多共鸣吧。

“一开始，我们的确把你当成好朋友，没有隐瞒过你什么，可你最近太可疑了。我们原本以为你就只是一个经营古玩字画的日本商人，是中国革命的同情者……”

“这点毫无疑问，我确实是这样的。”

“但后来我们才知道，事实也许并非如此。总之，你不是普通的日本人。对不对？你骗了我们。”

“嗯？”策太郎受外务省之托从事秘密任务，只有极个别人知道。不知王丽英是从什么地方打听到的。

“她怎么会知道呢？”策太郎想，虽然自己的工作需要保密，但并不是什么犯罪行为，用不着受良心的谴责。

“我没有骗你们呀！”策太郎说。

“别说了，你的表情已经出卖了你，你骗了，我看得出来。”

“不，你误会了。到底是怎么回事？怎么会突然说这样的话呢？”

“土井先生，你是不是很久没来我家了？”王丽英突然转变了话题。

“嗯……最近太忙了。”

“是在忙一笔巨款吧！”

“啊？”

“别装了，我们全都知道了。”

“知道什么？”

“就是你去过什么地方，做过什么，我们都知道……”王丽英说完，挺起身子，俨然像是坐在审判席上的审判长。

策太郎心想：看样子，她应该是知道了，再装糊涂也没用。

“你是说我到文保泰家的事吧？”他试探性地问道。

“你不会说，你是去学取拓本的吧？”王丽英讽刺地说。

“我是去收买他。”他很痛快地承认了。

“那你的身份是什么？”

“我只是受人之托，因为我会讲汉语，别人想让我帮忙……其实这也是临时性的，毕竟我的本职还是做字画古董买卖。请你相信我！”

“如果你真做了有损中国之事，我们绝不姑息！不过老实说，当前我们最关心的，并非你是不是日本密探的问题。反正你能打探到的事情，估计别的密探也都能打探到。只是，日本密探一类的人，多与清朝上层人物有联络。你们给文保泰送去巨款，背后是不是日本政府指使？那清政府有没有让你们干什么事？比如雇你们搜查反清的革命者？他们肯定非常愿意花这个钱。听说孙文先生的脑袋值好几万呢。我们普通人的脑袋虽不值钱，可也不愿意轻易就掉了。所以我们得处处小心，对于勾结清政府反对革命的人，只要稍微有点儿可疑，我们就得彻底查清……”

“嗯，我也希望能查清，也算不辜负了我们以往的交情。”

然而，王丽英并未继续追究下去。

“总会调查清楚的，但恐怕你得在这儿待上一段时间。”

“无妨。你尽管调查我，也好尽快消除我的嫌疑。”

“什么时候能弄清楚，我就不知道了。”这时，一直保持冷静的王丽英突然左顾右盼起来。

客厅有两个门，一个通向大门，一个通向内院。王丽英突然向后一退，吹了一声口哨。这肯定是联络暗号。从门外迅速跑进来两个年轻的小伙子，策太郎和他们有过一面之交。这两人麻利地从左右两侧抓住策太郎的胳膊。

“你们太粗暴了吧？”策太郎面带微笑地说。

“在没查清楚你的问题之前，你就是嫌疑犯。”

“不是说你们已经知道了我做了什么吗？”策太郎说完，立刻就后悔了。王丽英这样对自己真是太过分了，现在辩解根本无济于事，又何必追问呢？

王丽英脸一沉，什么都没说。

“请您到这边来吧。”策太郎右侧的男青年说话很有分寸，可抓着策太郎的那两双手力气之大，让人心生畏惧。

王丽英打开通向内院的那扇门，两个人挟着策太郎穿门而出。

一般的北京民房，走廊铺的是地砖或是粗糙的木板，但王家却铺着地毯。客厅里也是大理石地面，看来王家应该是上流阶层。走廊很宽，三个人并排走也畅通无阻。走廊有一面是窗户，但因为拐角几乎是直角，又没有安装透明的玻璃，整体显得很暗。

“请您在里面暂时休息。”策太郎左侧的青年说。

面前的屋门是用厚实的杉木做成，上了一层没有光泽的茶色涂料，像极了文保泰家中的那副棺材。

打开门，屋里又黑又暗，还散发着一股腐臭味。

门一开，阳光顺着空隙，直直地照到墙壁上。看来屋子很深。黑色的窗帘紧紧地掩着，几乎不漏光线。

“唉！”他情不自禁地发出一声叹息。突然，“咔”的一声，策太郎的右手腕铐上了一个凉飕飕的东西。

“把左手伸出来！”话音刚落，策太郎的左手和右手就被并在了一起，用手铐铐住了。

“你们也太小心了吧。”

“小心驶得万年船，关系到脑袋的事，可不能大意了。”策太郎左边的青年回答说。

“你在日本学的是什么？”

“本来在物理学校学习，中途退学了。”

“但现在……”策太郎回过头去看着右边的青年苦笑说，“现在却学会用手铐铐人了，世事真奇妙啊！”

“我们在警务学堂跟日本老师学的。”

“哦，你是警察吗？”

“不，不是。”对方回答后，使劲儿地推了一下策太郎后背。

策太郎向前打了一个趔趄，迈进了昏暗的屋子。厚实的杉木门“吱吱呀呀”地关上了，门外响起了上锁的声音。

“我被关起来了……”策太郎自言自语地说。

不过，他倒没觉得到了无路可走的时刻。他只是思索：把他关进这间黑屋子，到底要干什么呢？然而他什么都做不了，只能默默地在此等待命运的安排。似乎只要有王丽英在，被绑起来、关起来也没那么痛苦了。

待了一会儿，他试着沿着屋子的墙壁走了一圈。这间屋子太宽敞了，把它叫作大厅更合适。

在建筑物密集的城区，不适合建造古老的四合院，而要建那种纵深长、中间窄的葫芦形房子。到过王丽英舅父家的人，只要穿过走廊，就能感觉到这房子结构很奇特。虽然策太郎经常来，但他只去过大门和客厅。从外面看，真看不出这所房子这么宽敞。

策太郎虽然被手铐铐住了双手，但也不是不能活动。其实他可以拉开窗帘，但他决定暂时不这么做。黑暗并不可怕，房子里挂上黑色的窗帘，估计是为了营造一种恐怖的气氛。

渐渐地，他的眼睛适应了屋里的黑暗。虽然看得还是模糊，但多少能分辨出里面的陈设。房子很大，中间摆了个大屏风，将屋子一分为二，影子也投射在墙壁上。不过，屏风虽大，并未完全触到墙，屏风两边还有空隙。策太郎刚才经过时，并不知道这儿就是屏风的空隙。此时，他仔细观察了一下，这空隙基本相当于走廊的一半大，完全可以把这“大厅”看成“两间房子”。地板是用砖铺的。厅里放了几把椅子。

观察了一番，策太郎又回到进来时的那个角落。这半天太乱了，策太郎打算静下心来梳理一下思绪。

现在，他完全明白了自己为什么被关进黑屋子。

他隐瞒了日本特工人员的身份，这一点即便被人指责，他也能辩解。毕竟特工们绝对不可能随便公开身份，任何国家都是如此。他们不满的是，策太郎有和清朝官员勾结之嫌。大概他们也知道，以策太郎的能力，想必探听不到什么有价值的机密。他实在不是当密探的料。

策太郎想：“我和那些官员根本没有联系，就算偶有接触，我也绝不会做出卖朋友的事。如果问我，我就这么回答。信不信由你们。也许会被拷问吧！”

想到这里，策太郎不由得打了个冷战。“还是不要想了！”他重新坐正了身子。

他的手掌直发涩，原来平时根本不用的屋子里早已积满了灰尘。

谜　底

思考问题时，人们喜欢闭上眼睛，等到心中无杂念时，思路自然变得清晰。黑暗的屋子很适合思考问题，尤其是思考谜题。策太郎觉得自己太笨了，文保泰被害之谜一直未能揭开，一点儿头绪都没有。

二十五万巨款丢失是谜，芳兰失踪是谜，替自己解谜的张绍光和芳兰同时失踪，这又是一个谜。接连不断的谜题，一直无解。其实，这些问题策太郎早都反复思考过了，可平时，思维总绕着这几个问题打转。或许，在这样不正常的黑暗里，一线光明才能照进心里吧。策太郎如此期望着，重又开始梳理起文保泰一案的始末。

在几个谜题中，最容易弄清楚的是芳兰的失踪。张绍光曾提到，芳兰偷走了二十五万元。她或许察觉到情势不对，于是便销声匿迹。三十六计，走为上计，古往今来，罪犯们最爱用这一招。

至于张绍光和芳兰同时失踪之谜，也许是两人在隆福寺附近偶然相遇，张绍光为了逮捕罪犯，紧紧地追着芳兰。可作案的当然不会是芳兰一人，他们一定是一个团伙。于是，他们便反击，把张绍光抓了起来。芳兰之所以消失，可能就是因为张绍光步步紧逼，查到了她，否则几小时之前，她还在忙着“送三”，怎么会突然就消失呢？

而张绍光呢，在策太郎的印象中，他工作随意，整个人有些忧郁。他担心，尾随罪犯的张绍光，一旦被抓住，生命堪忧啊。

“也许被害了？”想到此，策太郎眼睛亮了起来。“老刘的死，会不会也是同样的情形？老刘没有张绍光那样的智商，不可能推测出芳兰私吞了二十五万元。但他可对现场的一切看得清清楚楚。当时，芳兰正准备把装钱的水桶提出去，半道被那须和我叫住，她只能放下水桶，转过身来。那只水桶在那儿，难道没有人看见吗？也许，老刘经过时，刚好看了看那只桶，发现里面有钱。我们和芳兰环视四周叫人时，老刘就在桶边。对，就是这样。老刘发现了钱，知道了秘密，所以必须得死。这样推论下去，一切都能够解释了。”策太郎越想越激动，他想一鼓作气地推论下去。

正在此时，屋里突然亮了一点儿，气氛马上不一样了。好像是屏风外面的“屋子”里，进来了几个人。

“哈哈！把我带到这么漂亮的地方！”一个男子在讲话。

策太郎心里一惊，这个声音好熟悉啊，似乎在哪儿听到过。

“住口！”一个嘶哑的声音在怒斥刚刚的男子。

“我没有什么可说的。”

“是吗？你不肯说，我会想办法叫你说。”

“好可怕呀！”

“可怕？哼哼！你别小看我们！”

“没，我没小看你们啊！”说话人的语调与众不同，有点儿抑扬顿挫。策太郎努力回想，终于想起是谁了。

原来是他！张绍光！和芳兰同时失踪的张绍光就在隔壁！看来，他和策太郎一样，也成囚犯了。策太郎想，张绍光紧追芳兰不舍，被芳兰的同伙抓去。难道，同伙就是王丽英他们？

“那么，张绍光和我是同一阵营了……”抓策太郎的人，把他推到黑屋里，就立刻走了。可绑架张绍光的人还依然在屏风对面。

隔壁房间里的对话还在继续。

“喂！那儿有椅子。你就坐在那儿等着吧！”

“谢谢，你们很热情啊！”

“你是夸我们，还是损我们呢？”

“不管怎么说，房子宽敞点儿总是好的。刚才的地方，连胳膊都伸不直，你们特意把我带到这儿来，我当然得感谢你们了。唉，戴上手铐，我还是没法伸胳膊。”

“你别说得那么夸张，两只手靠在一起，你爱怎么伸就怎么伸，你就是想做体操，我也挡不住。”

“好了，不说玩笑话了。请问，你们准备把我怎么样？”

“我们要彻底查一下你的事情。”

“这是不是太小题大做了？你们要查的话，就快点儿查。”

“别唠唠叨叨的，我们自然有自己的打算。你还是别说话了，省点儿力气，别累着了。”

“谢谢你啦，不说话就能省力气？……”

看来，张绍光不像策太郎，一开始就被带到这间屋子里，而是先被关在一个狭小的地方。把张绍光带来的人也许不知道这屋里还关着别的人。这说明他们这个小团伙组织并不严密。

房门一直开着，似乎是在等什么人。策太郎悄悄地靠近了屏风。虽然不知道接下来是什么情况，但尽量靠近那边偷听对话，或许多少能预估自己的命运吧。策太郎紧紧地挨着屏风，屏气聆听。

不一会儿，果然有别人来了。

“你已经来了，让你久等了，请原谅啊！”策太郎一听声音，立刻知道是谁了。是李涛。

“哦？原来是你！”张绍光说。

“怎么，你认识我？”李涛像是在自言自语。然后，一道亮光在黑暗里迅速地晃来晃去，估计是李涛在用手电筒照张绍光的脸。

“这么说……”李涛像是想起了什么似的，“这么黑，你也能认出来？”

“我一听声音就知道是你了。以前在东京本乡区的时候，天天都能听到你大嗓门儿说话。”张绍光说。

“听说后来你去了英国，是吗？”

“嗯，去是去了，可又马上回来了。怎么？连这个都没弄清楚，你们的情报网是不是出问题了？”

“对一个普通的留学生，我们也不可能事事都了解得很清楚嘛。”

“但我可不是一个普通的留学生呀，我现在是你们的敌人，对于我这种常常出入于朝廷显贵家里的人，你们可得小心啊！”

“是吗？我早就听说，有个聪明机灵的汉人投靠了鞑虏，原来是你啊！”李涛说。

“你说我聪明机灵，我还是很高兴的。”

“既然咱们过去都是朋友，现在可以谈谈了吧。你姓张吧？叫……”

“张绍光。”

“哦，想起来了。我叫李涛。”

“我记得你的名字，当年的李涛多有名啊，东京的留学生，除了那些爱玩儿的，没有不知道你的。”

“很高兴你这么说。”李涛本是来审问人的，不料，见面后发现两人竟是老相识，曾在东京同住一个家庭公寓。这样反而更方便了。

“你是来审问我的吗？”张绍光问道。

“是的。虽然咱们俩过去是朋友，但也不能因此而放过一个有罪的人！”

“那就只能抱歉了，我没有什么可交代的。不过，我可以尽量帮你们解答问题。只要我痛快地说了，是不是就能离开这里？”

“那当然了。”李涛回答说，“一见到你，我就想起了以前的事。

在东京的时候，我就觉得你思想很怪，正好我想问问你。”

“思想？你不应该问问我是怎么知道芳兰做的事吗？谈思想，是不是不合时宜？”

“不，我不这么觉得。我认为这才是最重要的。”

李涛说完，策太郎听到椅子移动的声音。可能是李涛拉过来了一把椅子，坐在了张绍光身边。椅子旧了，拉起来吱吱作响，像是在哀鸣。

“你想问什么呢？”张绍光反问道。

“我想问的全都和你的思想有关。”

“思想、思想，你们是不是思想中毒了？”

“以前，我特别不理解，你为什么老是那个样子。现在我想知道，对我们来说，你到底有没有威胁？这两个问题都必须弄清楚。”

“要是对你们没有威胁，是不是马上就放了我？”

“你是想绕过有威胁的话题吗？”

“别说得这么直白嘛，总之，我会尽量满足你们的要求。”

“我知道你肯定不会坦率回答的，你也很为难，我知道。”

“不，我会坦率说的。唉，李涛君，要是让我说自己的思想，是有点儿不好意思。不过，只要对你们有用，我也愿意聊一聊。有人可能觉得我没理想，可说实话，我觉得这世道没有理想可言。你们或许是觉得我太不上进，但我就是这样，我也没办法。”

“在东京的时候，我就觉得你对什么事都不上心，当时，我们都为你着急。”

“你们也太热心了。”

“不能不热心啊。那时，留学生分为君主立宪派和共和新政两派，几乎每天两方都要激烈地争论。当时，阿奎纳多[1]发动了菲律宾独立运动，在青年中引起了很大骚动。孙文先生也从欧洲到了东京。只要是有理想的年轻人，都不会坐以旁观。可你呢，却觉得哪一派都不错，持怎么样都无所谓的态度。”

“嗯，反正我认为理想太虚了。这就是我的想法。”

“还是理解不了，你看上去也不像是遁世的隐士呀！”

“当今世上，有野心的大都是凡夫俗子，竹林七贤[2]那种雅士难找啊。”

“不懂你在说什么。”李涛脱口而出。

策太郎认识很多清朝的留日学生，可就不认识这个张绍光。策太郎认识李涛他们的时候，张绍光已经到英国去了。

戊戌政变后，康有为和梁启超等维新派的领袖人物都亡命到了日本。他们反对专制独裁的封建制度，一心企盼中国变成日本那样的君主立宪制国家。他们虽反对专制，却仍主张保留清王朝，因此被称为“保皇党”。与之相反，孙文等人则主张推翻清朝，建立共和国。前者是君主立宪派，后者是共和新政派。

当时，在日本的中国留学生们几乎都选了一派。但张绍光哪一

---

[1] 阿奎纳多（Emilio Aguinaldo 1869—1964）：菲律宾的革命家，菲律宾独立运动的领袖，菲律宾独立后任首届总统。

[2] 竹林七贤：魏晋时期七个文人名士的总称。

派都不是，他一直冷眼旁观着那些热衷于政治活动的人们。因此，李涛一直不理解他。

如今，又一次碰到了张绍光，李涛更要问清楚这个问题了。张绍光现在已经威胁到了他们，芳兰一事只是小细节，思想才是问题的关键。

“不懂？也是，其实我也不了解自己。说真的，不开玩笑。”张绍光说。

“那你活着有什么意义呢？”李涛发火了，策太郎听得清清楚楚，“我就想知道，你为什么活着？你生命的意义，你的价值在哪里？你也是受过高等教育的人，不会就这样漫无目的地活着吧？”

“我确实还没找到人生的目的。”

“你说话总是那么难理解！”

“怎么会，我就是一普通人。”

“我不相信。”

“如果你不信我，我也没办法。你确实高看我了，我没什么了不起的。”

“没有生存的意义，就不活了？活着，人生才有乐趣啊。我就想知道你对这个问题怎么看。

“你警告芳兰别回家，不就是想让她活着吗？你应该是一番好意，给你戴上手铐实在是抱歉。不过，你到底为什么帮她呢？”

“这件事，芳兰也问过我，我如实回答了。我就是简单地想帮她。”

“真的？”

“非要找个理由的话，就是我一时心血来潮吧。”

“心血来潮，这么随便？”

“你不相信也没办法。其实，我就是个变化无常的人。”

“芳兰说，文保泰案子发生后，你曾协助警察搜查了文家。那时，你也是一时心血来潮吗？”

“嗯，不过，还有别的。”

“什么？”

“还不是为了饭碗？给别人出出主意，拿点儿报酬维持生活。”

“你这么有学问，为什么不做别的工作？”

“照你这么说，我现在做的事算不上是工作喽？你觉得我做的不是正经事吗？”

“不，我的意思是，芳兰说你只是给警察出出主意，并没有正式的官衔，是吗？”

“你是说，非得正式当官才算是正经工作？哎，你们不是自诩为革命青年吗，怎么还是老派的思想？”

“倒不是说非得当官。我是说，至少应该有一个固定的职业，这样才能有所作为。就算是投身革命，也需要有一份固定的职业。好了，不说这个了。这只是我自己想知道的事情。咱们还是谈谈芳兰吧。”

“谢谢，我也不擅长谈论这些东西。”

“咱们东拉西扯谈了不少，现在总结一下，你说你一时心血来潮，帮助警察调查文保泰的案子，后来又心血来潮帮了芳兰。”

“是的，但愿你能相信我的话。”

“搜查犯人、办案子，你既是心血来潮，也是为了糊口，总体上动机不纯。但帮芳兰确实是纯粹出于好意，对吧？”

“您总结得这么简洁，真佩服啊！”

“如果是这样，我们抓您来就大错特错了，您应该是我们的座上宾啊。”

“总算弄清楚了，我被你们折腾坏了，还被打了一棍。拨火棍吗？”

“要是用铁拨火棍打您，您早就去见阎王爷了，是顶门用的木棒……这件事，我们应该向您道歉。请原谅！不过，我们在鞑虏身边闹革命，一切都要加倍小心才行，得分清敌我。就是说，只要不是自己人，都要当成敌人看。您受委屈了，真抱歉。主要是您最近的行为太可疑了，听芳兰汇报后，我们也不得不提高了警惕。”

“好了，算了。我自己都觉得自己可疑。哦，谢谢你。”

“咔”的一声，手铐被卸下来了。

“这么一来舒服多了。”张绍光继续说，“终于可以伸个懒腰了。”

隔壁房间里的两个人，一番谈话后，彼此都加深了理解。

“还有，”李涛说，“文保泰一案，警察知道多少呢，您能告诉我吗？”

“他们应该还什么都不知道吧，我还没和他们讲呢。”

“只有您一个人知道？”

“这个可说不定。”张绍光暧昧地说，“有些事，我本来自己也没想明白，不过现在似乎都懂了。”

“您是怎么看出来的，能讲一下吗？”

台本作者

王丽英舅父的宅子结构很奇特，就坐落在北京外城的吉祥二条胡同。这地方靠近琉璃厂，很多文人墨客都住在这里。各地的同乡会馆也设在此。同乡会馆本是为外地来的同乡提供临时的住宿，后来渐渐成为在京同乡们聚会的地方。虽说此地属于外城，但离内城的官厅街比较近，交通很方便。

吉祥二条胡同里的宅子都有这样的特点：门面较窄，庭院很深，里面相当宽敞。王家就是这样。

其实，王家的警戒并不森严，只要能找到后门，要想逃跑也不是难事。只是也不能戴着手铐跑到街上去啊。策太郎心想，最好还是在消除误会之后，光明正大地走出去。现在，不妨就在这里等着。况且，隔壁房间一直都有戏看，自己也不会觉得无聊。

“直到现在我还是不明白，文保泰案子的背后到底有什么？”张绍光问。听得出来，他现在心情还不错。

“哈哈，你也有猜不到的事啊！”

“二十五万块钱是一笔巨款，不用说，钱肯定是作案的动机之一。可你们为什么要这笔钱呢？你们想干什么呢？这一点，我暂时还没想到。用钱的动机和途径太多了，很难一下子猜到。要是具体一点儿，你们拿去买粮食，我就知道你们想干什么了。”

“简单来说，只要有了钱，什么事都能办成。”

“是呀，有钱能使鬼推磨。见到你之前，我还不知道你们要钱做什么，现在大概能猜到，是用作革命经费吧？”

“嗯，那个……”

“你放心，我谁都不会说。只要这钱牵涉李涛，小孩子都知道是为了革命。芳兰姑娘隐藏得真好啊。即便查到了那桐和庆亲王，也查不到李涛。现在，背后的袁世凯也若隐若现了，也许他也是来抢这笔钱的……”

“嘻嘻，你想得有点儿过。”李涛冷笑地说。

“过的是你。杀文保泰的办法是你想出来的吧？”

“随便你怎么想。”

“我看演员表演得挺出色，就是剧本写得太差了。我不知道芳兰怎么唆使了文保泰，让他起了贪心。但文保泰肯定是因为太贪婪了，才会中了她的圈套。不管怎么说，芳兰的演技太好了。见你之前，我还以为文保泰是主使者，芳兰只不过是按他的命令行事。我在钱粮胡同分析案情时，她一直在打马虎眼，一味地恭维我。现在我才懂了，我推理的基本没错，只是没想到芳兰才是这个案子的主角！”

“现在全都明白了？”

“嗯。偏偏在最关键的地方推断错了，以前一直不明白杀人抢钱的目的是什么，现在终于明白了。”

“你真聪明！”

“不敢不敢，你过奖了！”

“不过，你说我写的剧本太差，我很伤心啊！”

“确实是不行。我去现场一看，立刻就知道了。”

“立刻就知道了？”李涛重复着张绍光的话，“我还以为没有人能看出来呢！”

“你以为别人发现不了芳兰是凶手吗？太天真了。在那么小的房间杀了人，只要调查的人想到作案的手法，就能破了这个案子。毕竟想要在那个屋子里密室杀人，只能用芳兰的办法，也只有芳兰能做到。”

……

“其实，还不如用一些笨办法，比如说把悠悠馆大门砸开，伪装成强盗入室抢劫。如今，社会这么乱，想在茫茫人海抓一个强盗，也不容易。”

“你想到芳兰怎么杀人了？”李涛不耐烦地问道。

李涛本以为自己的杀人杰作无懈可击，没想到却被张绍光如此贬低，有些恼羞成怒。

“我当然想到了。”

“你猜到了二十五万元是怎么运出来的，那猜到文保泰是怎么被杀死的吗？”

“你太自信了吧？”

“没有，没有，应该是你太自信了。那你现在就说说文保泰是怎么被杀的吧，快说呀！”

“好，我说！”张绍光斩钉截铁地说。

李涛没想到张绍光如此聪明。躲在屏风后面的策太郎，也绷紧了全身神经。

把张绍光带进来的男人离开了屋子。估计是李涛用眼神暗示了他们，把他们打发到了走廊。

“他的手铐卸下来了，没事吗？”一个男人在门外轻声地对李涛说。

“没事。”答话的却是张绍光，“要是打架，我打不过李涛。”

屋子里沉默了片刻。

于是，除了躲在屏风后面的策太郎，空空的大厅里，只剩下了李涛和张绍光两人。

“案子发生后，我立刻赶往现场。”张绍光不慌不忙地说，“我让警察尽量保护原始现场，然后找到芳兰，问了她很多事情。我盘问了一些细节，尤其是她离开悠悠馆后，两个日本人怎么把她叫住，又说了些什么。然后，我又问了那两个日本人同样的问题，最后将他们说的话进行对比，发现芳兰漏说了一件事。一开始我还宽容地想，她不是神仙，当然有可能忘记一些细节。唉，我终究还是太善良了。”

“你是说，她忘了说东西了？”

“嗯，很小的一个细节，我本来都没有在意，但日本人说了，她却没有提到，反而让人起疑。而且，那应该就是你剧本里写好的一步。案子就是这样，只要有一个破绽，谜题就解开了。”

“别吊胃口了，快说吧！”李涛说道，语气非常急切。

“是这样的，”张绍光没有直接说，反而把话扯开了，“当时芳兰被日本人喊住，说完话后又转身向悠悠馆走去，就在这时，她摔了一跤，可她转身转得太快，起身又起得很慢。这些都是日本人说的。其实，她起身慢，是因为在那一瞬间，她干了一件大事啊。所以，她不愿意提及自己摔倒了的事。”

“嗯……”李涛哼了一声，流露出内心的不安。

“那块窗帘。”张绍光突然提高了嗓门儿，“透过窗帘下面卷起来的几厘米空隙，她看了看文保泰。那个日本人，叫什么名字来着，也是透过那缝隙看见文保泰的……叫……那个没有胡子的……”

“土井策太郎。”

说话的二人不知道，策太郎正躲在屏风的后面，蜷着身子偷听他们的对话呢。

“对，就是他。当时，芳兰故意摔倒，缓缓起身的同时瞄了一眼悠悠馆。那时，文保泰肯定还活着，估计正坐在石碑前准备取拓本呢。芳兰看，是为了确定文保泰是不是在平时工作的地方。实际上，文保泰取起拓本，行动基本上就在三张榻榻米的范围内。石碑很重，位置不会变，而且他一旦取起拓本，就极其投入，身子可以大半天都不动。因此，他肯定就在你们设计谋杀的原位。但为了谨慎起见，芳兰还是利用时机又检查了一下……

“当然，你可没想到，日本人会叫住芳兰。按照你的剧本，发现文保泰死的时候，芳兰一定要和别人在一起才行。听说，修古堂的老板也曾去过悠悠馆，估计芳兰是准备和他一起谋害文保泰吧。你的剧本是这么写的吧？芳兰摔倒，就是为了通知修古堂的老板。可那两个日本人突然转回悠悠馆，芳兰不得已，只能改变计划。”

“好啊，真不愧是破案的高手，这种细节你都能推测出来，我真是服了！”

“跟你说吧，芳兰起身有点儿慢，还是从那两个日本人嘴里问出来的呢。”

“你调查得真仔细啊！”

“越是没人注意的细节，越是隐藏着意想不到的线索。比如说，既然她摔倒和起身的姿势都那么不自然，这个行为就一定有猫腻儿，而窗帘下面又刚巧有几厘米的空隙，不难设想，这就是为杀人而专门准备的。联系起来，只要稍有想象力，就能知道芳兰在起身的同时就已经扣动机关，杀了人了。怎么样？我说得对吗？”

“嗯，我无话可说了。你确实很聪明，不过现在却做了鞑虏的走狗，真是可惜了。要是成立了新政府，你肯定能受到重用。”

“不知道新政府什么时候才能成立？”

“你这么聪明，会不知道？”

“我要是知道，现在就不用辛辛苦苦做这种事了。”

“十年以内吧……我估计是这样。这个可以先不聊。我问你，你是怎么知道芳兰杀人要扣动机关？”

“我刚才不是说了吗？在悠悠馆杀人，只能用一种方法，不可能有别的。只要有人掌握了线索，她作案的事实就会被全部查出来，她就插翅难逃了。”

“是吗？我们确实没想到，会有你这样善于观察的人。”

“这只能说你们太过于自信了。剧作家，我想问你一件事，你有没有去过现场？”

“没有，一次也没有。”

“一次都没去过，居然能设计出这样一个方案，真不简单啊！”

“我也是偶然想出来的。”这时，李涛觉得不必再隐瞒什么了，干脆痛痛快快地讲出来，“有一次，芳兰和一个去日本学过建筑的人聊天儿，芳兰问：‘混凝土是不是很结实，一般情况下剥不下来？’那个人说不是。芳兰就告诉他，悠悠馆里的柱子是用石头堆起来的，石块的形状不一，所以柱子上有大大小小的缝隙，看上去很粗糙。那个人就说，那样的话就没办法了。之后，芳兰把这件事告诉了我，还说柱子上的缝隙又大又深，我印象很深。”

“就根据这个，就想出了暗杀的方法，你太厉害了吧？”

“没有，没有，我可不像你那么聪明。当时，我只是把芳兰讲的都记在了心里。后来，她又跟我谈起文保泰取拓本的事，提到文保泰用的棉花球很特殊，里面装了弹簧。这时，我才把这些有利条件都联系了起来，之后又想到怎么让水泥脱落。总之，办法就想出来了。当然，最理想的条件是，文保泰基本上都是在固定的位置工作。所以，我就想，如果把悠悠馆看成舞台，我能不能设计出一场好戏呢？”

“于是，你就想出杀人的游戏来了，是吗？”这时，张绍光插了一句话。听得出来，他有一点儿轻蔑。

“当时，我正好知道日本打算通过文保泰收买那几个大官，所以刚好能实施我的计划……我还和芳兰商量过这样做有没有可能。”

“你们提前试过了吗？”

“芳兰试了很多遍。”李涛回答说，“她把弹簧插进石头缝的深处，再把那柄细长的刀牢牢地塞进去。在刀尖端约两厘米长的地方涂了烈性的毒药，然后把剥下来的水泥块盖上，把毒刀藏起来。做完这些，我们还是不放心。因为，怎么让水泥块掉下来，把毒箭射出去的问题还没解决。后来，芳兰把一条细绳紧紧地系在水泥块上，通过排水口把绳子的一端拉到外边。细绳子是用透明丝编的，肉眼几乎看不出来。这条细绳就是你口中的扳机。拉绳子也是有窍门儿的，速度要快，力气要猛，这样水泥块掉下来，毒箭就会被弹簧弹飞出去。

“放毒箭的位置，也经过了仔细推敲。为了对准文保泰坐的地方，芳兰找了好几处石缝试验，最后才找到了最佳的位置。然后，她就悄悄地反复试验。好在只有她一个人能够自由进出悠悠馆，钥匙也由她保管，她有很多机会慢慢练习。角度、高度、弹簧的韧性、尖刀的选择，都经过了仔细琢磨……再加上芳兰有毅力，工作认真，所以最后‘演出’时才能顺利成功。”

“果然成功都是要付出坚持不懈的努力啊。”张绍光说，“试验的时候，还要注意不能留下证据和痕迹。我曾仔细量过，悠悠馆排水口的直径是三厘米。水泥块可以直接用细绳从排水口拉到馆外，难的是解决弹簧。毒箭射出去时，弹簧也必定从石缝里弹了出去，所以石柱下面放纸篓接弹簧。是吗？”

“哈哈，连最后的谜题，你都解出来了……芳兰在纸篓里放了很多旧的棉花球。文保泰自制的棉花球都安有弹簧，所以多一个，也绝不会引起任何人的怀疑。”

“设计得真巧啊！不过，芳兰试验的时候用什么做靶子呢？没有靶子的话，箭就会打到对面墙上，也无法知道需要用多大的力气。”

“是啊，芳兰用椅子撑着日本席，把席子当作文保泰进行试验。试验的时候，她猛地一射，就能刺进去很深。刀上本来就有毒药，只要能透过衣服刺进皮肤，就可以了。”

“看来，这是非要杀了他不可呀！”张绍光自言自语。

“嗯，我记得芳兰当时是这么说的……”

这时，又听见椅子的“吱吱”声，大概是李涛挪了挪身子，想坐得舒服些。

“革命不是儿戏，说得直白点儿，革命就是你死我活的斗争。我们不杀掉他，就会被他杀掉。你确实很聪明，不过你不了解这个激烈斗争着的世界，多可悲呀……”

“我不了解，也不想了解，我觉得这样，生活会更幸福。”

“你这个人啊，只考虑自己。不革命，国家可能就成了外国的殖民地，我们的兄弟们，我们的子孙后代就可能永远当奴隶。你愿意这样吗？每每想到这些，我都忍不住流泪。为了光明的未来，我们必须坚持战斗、坚持革命，即便流血牺牲也无所谓。革命，就是要见血。谭嗣同不就因为戊戌变法被处死了吗？革命如果需要我，我愿意献上我自己的生命……”

后日谈

土井策太郎出了一身冷汗。

没多久，李涛和张绍光一起出去了。策太郎松了一口气。

王丽英同伙是否知道策太郎和李、张两人待在同一个房间，策太郎不得而知。

这两人走后，又过了一小时左右，一个男人进来卸下了策太郎的手铐，把他带回了客厅。

“你虽是日本人派来的间谍，但并未做出有损中国之事。”王丽英说。

策太郎揉着手腕上手铐的印痕：“请你们尽快调查清楚。”

“我们已经调查过了。”王丽英说。

“哦，我以为现在才开始呢……”

“不，不是，已经调查完了。今天什么都别说了，你回去吧。”王丽英几乎是用了哀求的语气。

于是，策太郎便遵命回去了。

两天以后，他又去了吉祥二条胡同，但怎么敲门都没人应声。“难道没人在家？”策太郎想。当天傍晚，他又去敲了很久，依然没人应门。第二天，他又去了一次，还是一无所获。

“也许以后再也见不到他们了……”不知为什么，他突然有了这样的预感。

果然如他所料。二十五万元巨款到手后，李涛他们把钱用作革命经费，全部人都从吉祥二条胡同撤走了。自那以后，他再也没有见过王丽英和李涛。

翌年，日俄战争爆发。

在此之前，策太郎已经离开了北京。尽管日本政府得到的情报并不是他提供的，但他也算是完成了任务。

策太郎再次回到了鹿原商会。这一回，他决定专门经营古玩字画，希望能不断地提高自己的业务水平。又过了若干年，他父亲引退，他便辞去鹿原商会的工作，正式继承父业。

同一年的10月，也就是1911年10月10日，武昌起义爆发，腐朽不堪的清王朝终于寿终正寝。

策太郎一边看着报纸上刊登的消息，一边回忆着王丽英和李涛等人。他想，在革命的史诗里，应该有他们的辉煌篇章。

“以前，李涛是革命组织的领导者，那在新时代的新政权里，他应该依然是权力的中心吧。”策太郎浮想联翩，同时非常留意报纸，希望能从中发现李涛的名字。然而，一无所获。

王丽英现在怎么样了呢？那个勇敢的杀人犯芳兰呢？

不过，策太郎倒是发现过张绍光的名字。

那是在“一战”末期，有一张报纸报道了上海市政府和租界的工部局就治安问题举行协商会议的消息。当时，策太郎正漫不经心地浏览这则消息，忽然就在上海市政府代表的名单里，发现了张绍光的名字。

“不会同名同姓吧？”策太郎想。

张绍光这个名字在中国人中很常见。治安问题肯定与警察有关。张绍光过去是警察那边的人，报纸上的名字，说不定就是他。

因为业务关系，策太郎又多次回过中国，而且经常在北京逗留很久。对策太郎而言，北京就像是自己的故乡，金鱼胡同、烧酒胡同、吉祥二条胡同和隆福寺，尤其是铁狮子胡同里文保泰的故居，每一处都充满了回忆。每次重回北京，他都感到无比留恋。

文保泰的故居早已易主。他抱着怀念的心情重游旧地，走到门前，久久地望着里面，可悠悠馆已经看不到了，房子安上了烟囱，估计是不适合住人就被改建了。一切都与原来不同了。

然而，他想不到，有朝一日，还能再次遇见留着八字翘胡子的那须启吾。

“一战”后，策太郎受一个古玩商之托，到美国参加中国陶瓷器的拍卖。在归途中，他途经洛杉矶的日本街，没想到在街头碰到了那须启吾。原来，日俄战争之后，那须就到美国定居了。

“去我家吃饭吧。”那须热情地把策太郎请到家里。那须的家在洛杉矶市郊，非常豪华。

“恭喜啊，现在生活得这么好，事业一定很成功吧。”故友相逢，分外高兴，更何况那须的日子过得如此红火。

“哪里，哪里……只能说混得还行吧。”那须有些不好意思，频频地捋着他的八字胡。他比以前胖多了，显得更加魁梧健壮，只是胡须的形状丝毫未变。

在那须的盛情款待下，策太郎住了整整三天。

两人的畅谈自然少不了追忆往事，不过那须更愿意谈他到美国后的发家之路。

“您还是做那方面的工作吗？”策太郎试探地问道。他还以为那须是日本政府派到美国的间谍呢。

“不，我早就洗手不干了……你想想看，要是我做那种工作，能住这种地方吗？”那须回答道。

看样子不像是撒谎。

除了那须，策太郎不曾见过吉祥二条胡同的那些朋友们。可不久后，他却在东京和张绍光重逢了。

一个有关治安的国际会议在东京召开，张绍光是中国代表之一。策太郎一从报纸上看到他的名字，就立刻按照报纸上的地址给张绍光打了个电话。不巧，他出去了。于是，策太郎便将自己的姓名和电话号码告诉服务员，还拜托服务员了解一下，此人是否就是当初在北京悠悠馆的那个张绍光。

当天，策太郎就接到了回电。他的确是策太郎所认识的张绍光。

张绍光回话说，等他工作结束后再找个地方慢慢叙旧。于是，三天之后，他们在东京的一家饭馆见了面。这次会面，距悠悠馆一案已经过去了十五年。

策太郎感慨地说："岁月如梭啊，可是您看上去依旧这么年轻。"

"哪里，哪里！我也老了，只是不太明显而已。"张绍光微笑着说。

以前，张绍光脸上总像是蒙了一层暗淡虚无的阴影，整个人显得很忧郁。岁月飞逝，他虽然年龄长了几岁，但反而容光焕发，看上去更年轻了。

策太郎告诉张绍光，当年他和李涛对峙的时候，自己也在那个屋子里，隔着屏风偷听。

"哦，我还真不知道这件事。这样的话，文保泰一案的来龙去脉，你都了解了。"

"嗯，是的，托您的福。要不是我碰巧听到你们的对话，恐怕这辈子也解不开那个谜。当时的那些人，你知道他们后来的情况吗？"

"那两个人在一起了。"

"哪两个人？"

"李涛和王丽英。"

"嗯？他们在一起了？"

策太郎如今已是两个男孩和一个女孩的父亲了，可听到王丽英结婚的消息，他内心仍旧泛起了一丝微澜。策太郎应该也能料到，按王丽英的年龄，她肯定早就结婚了。不过人总是自私的，他希望自己喜欢的王丽英一辈子都单身。既然她投身了革命，就该如此。

“他们不仅结了婚，而且还成了大富翁。”张绍光说，“他们经商赚了一大笔钱。不过，其实他们本身就很有钱……嗯……现在住在香港，生活很奢华……”

“哦，这样啊。我还以为他们既然是革命家，就应该一直在枪林弹雨中过日子呢……”

“真正在枪林弹雨中生活的倒是芳兰。您还记得吧？那个在文保泰家中当侍女的姑娘。她很惨的，最后没能活下来，为革命献出了自己的青春乃至生命……”

“哦，那个芳兰呀！”

“我曾遇到一位熟悉芳兰的人，了解到了她牺牲的情况。她非常了不起，平时工作极其认真，越是危险的事，她越是抢着干。”

“那她不是自寻死路吗？悠悠馆那件事也是。”

当时，文保泰一案，虽说是李涛带领的革命集团设计的，但用来杀人的工具，刀、细绳、水泥块，以及反复试验杀人机制，都是由芳兰亲自做的。这样，不管能不能查到背后的革命集团，芳兰都逃脱不了干系。难道她没为自己考虑过吗？

想来，她肯定也有考虑过，只是为了革命，她宁愿牺牲自己。

对这件事，张绍光如此评价道：“其实，她并不觉得杀死文保泰是不对的，是一种犯罪；相反，在她心中，文保泰给镇压革命的刽子手们做了走狗，就是坏人。革命对于她，是至高无上的事业，所以她应该为革命筹划经费……正因如此，她才一心一意地要杀死文保泰。心中保持着对革命的信仰，她才能视死如归，赴汤蹈火，在所不辞。后来，袁世凯残酷镇压国民党人，在上海杀害了宋教仁。芳兰也是在上海惨遭毒手，饮弹而亡。”

中华民国建立后，革命果实被袁世凯窃取，作为国民党核心人物的宋教仁强烈抨击袁政府。他曾和日本人北一辉[1]有过深交。北一辉在《中国革命外史》一书中认为，中国革命的主角不是孙文，而是宋教仁。后来，宋教仁在上海遭到了暗杀。芳兰也遭了毒手。死的时候，她还很年轻。

“真可怜啊！”张绍光说，“芳兰虽然出身一般，但她是一个真正的革命者。她不夸夸其谈，不大讲革命道理，为了革命愿意做任何工作，甚至去杀人。与她相比，李涛之流，只不过是写写革命的剧本罢了。”

“所以他最后脱离了革命，挣钱发财去了。”

“他只是口头闹革命罢了，不，一开始，他们是不是真心革命，还是个问题呢……哎，我倒想问问，当初和您一起把二十五万巨款送到悠悠馆的日本人，后来怎么样了？”张绍光转变了话题。

“他呀，他发财了，在美国呢……前几年我偶然在洛杉矶碰见他。他和李涛一样，挣了大钱，生活过得特别好，真是想不到啊！”

[1] 北一辉（1883—1937）：日本的右翼政论家，曾支持日本军人发动政变未遂被处死。

“其实，这没什么可吃惊的，他们这种人，总是能赚到钱的。他们不管做什么，都是为了钱啊……土井先生，您说您已经听过我对悠悠馆事件的分析了？”

“是啊，您分析得很透彻，解答了我所有疑问。”

“惭愧啊，事实并不是我猜的那样。”张绍光微笑着说。

促膝谈心的过程中，策太郎觉得，张绍光的容貌虽然没变，但言谈举止却与以前完全不同。过去的张绍光，性情乖僻，对一切都冷静旁观。如今，他处处透露着对生活的信心，事业上既积极进取又稳重沉着，就像一棵大树在这个世界上深深扎了根，不再有往日的疏离之感。真是士别三日，当刮目相看啊。

“事实不是那样的？”策太郎问。

“听我给你说说。”张绍光说，“就算是文保泰一案中最关键的部分，我也只是摸到了表象而已。至于真相，我过了好久才弄清楚。”

“那真相是什么呢？”

“当时，我眼力明明不够，却装出一副通达世故的样子，太浅薄无知了……您知道吗？其实那须启吾才是真正的凶手。”

“嗯？怎么？”

张绍光突然提到那须启吾，策太郎一时反应不过来，竟没想到他说的就是自己认识的那个那须。等到反应过来，也是难以置信，总觉得自己听错了。

“意外吧？”

张绍光将盘着的脚左右调换了一下，继续说道："等我了解事情的全部真相时，我大吃一惊，不住地反省自己。原来的我太浮躁了，摸到了皮毛，就那么自以为是。从那以后，我经常提醒自己要稳重。案子是这样的：当时，中俄要是签订了第二次撤兵协定，日本就没有宣战的借口了，所以日本急需拉拢清朝的大官。那须启吾是日本的间谍，自然知道这次贿赂很重要，钱肯定也很多。所以，他就和袁世凯秘密谋划了一条发财之道，一手策划了文保泰一案。"

"是那须向袁世凯提的？"

"是的。当他得知清政府要和俄国商量撤兵一事时，他故意把这个情报透露给日本。日本自然马上展开收买活动，力图阻止中、俄达成协议。袁世凯这边便与庆亲王、那桐商量，最终向日本政府敲诈了一百二十万元。至于那须启吾，他拿其中一成分利，也就是十二万元。他真是发了一笔大财啊！"

"真的吗？"策太郎自觉有些失礼，但他还是无法相信这样的事实。

"真的。后来，我调查了袁世凯身边的人，这才知道。不仅是第一次，就连第二次丢失的二十五万元，也是他和袁世凯以及李涛那一群革命派计划作的案。"

"和革命派？"

"是啊，他们的计划是，先由革命派设法把钱抢出去，然后和袁世凯分赃，那须启吾可以拿到……"

"哎呀，真是难以置信啊！"

“众所周知，袁世凯早就和革命派有所接触。他老奸巨猾，不管世道怎么变，他都能活得很好。他和革命派平分那笔巨款，其实是为了借这个机会和革命派搞好关系。”

“所以李涛也参与了？”

“嗯，他们三人合谋杀死了文保泰。袁世凯曾说，为了钱，杀个人不算什么。李涛在其中，就是设计怎么杀人。当时，我向他剖析文保泰被杀的经过时，他没说实话。其实，这只是他们阴谋中的一部分而已。

“而且，芳兰实际是提前杀了文保泰。您和那须启吾交完钱后离开悠悠馆，后来又折了回去，那须叫住芳兰，这其实都是剧本里早就安排好的。知道真相后，我特别生气。所以，我才下定决心，以后查案不弄清真相决不罢休。也是因为这个，我才正式做了警察。”

“哦，这样啊……”策太郎回味着张绍光的话，思考了很久，最后拿起酒杯说，“张先生，请！我敬您一杯！”

“多谢！往事如烟啊，每次想起那件事，我就感慨万千，总想借酒消愁。估计土井先生和我一样，只想痛饮几杯吧？”张绍光说完，微笑地望着策太郎。

此时此刻，策太郎心中像是被冷风吹过似的惆怅凄凉。有生以来第一次对人和事如此失望，恐怕也是最后一次吧。

张绍光一直保持着淡淡的微笑，或许经过一番交谈，他知道现在的策太郎已经与往日不同了吧。

“我们还是继续喝酒吧？”策太郎像是自言自语地说。

“好！”张绍光回答说，“干杯！为那全心全意为革命献身的芳兰姑娘干杯！”